TRANZLATY

El idioma es para todos

ভাষা সবার জন্য

La Transformación
(*La Metamorfosis*)
দ্য মেটামরফোসিস

Franz Kafka
ফ্রাঞ্জ কাফকা

Español
বাংলা

ISBN: 978-1-80572-144-4

Die Verwandlung

Franz Kafka, 1915

www.tranzlaty.com

Primera parte
প্রথম অংশ

Gregorio Samsa se despertó una mañana de un sueño intranquilo.
গ্রেগর সামসা একদিন সকালে একটা অস্বস্তিকর স্বপ্ন দেখে জেগে উঠলেন।

Se encontró en su cama, pero incapaz de moverse.
সে নিজেকে তার বিছানায় আবিষ্কার করল, কিন্তু নড়াচড়া করতে পারছে না।

Se había transformado en una alimaña monstruosa.
সে এক রাক্ষসী পোকামাকড়ে রূপান্তরিত হয়েছিল।

Estaba acostado boca arriba, sobre su espalda, que estaba dura como una armadura.
সে তার পিঠের উপর শুয়ে ছিল, যা বর্মের মতো শক্ত ছিল।

Levantando un poco la cabeza podía ver su barriga.
মাথাটা একটু তুলে দেখলেই সে তার পেট দেখতে পেত।

Pero su vientre estaba abovedado y dividido en segmentos.
কিন্তু তার পেট ছিল গম্বুজাকৃতির, এবং খণ্ড খণ্ডে বিভক্ত।

La manta descansaba encima de su vientre redondeado.
কম্বলটি তার গোলাকার পেটের উপরে ছিল।

Pero la manta estaba a punto de caerse por completo.
কিন্তু কম্বলটি প্রায় সম্পূর্ণরূপে নীচে পড়ে যাওয়ার উপক্রম হয়েছিল।

Sus piernas eran lamentables comparadas con su tamaño habitual.
স্বাভাবিক আকারের তুলনায় তার পায়ের আকার ছিল করুণ।

Y sus muchas piernas se movían impotentes ante sus ojos.
আর তার চোখের সামনে তার অনেক পা অসহায়ভাবে ঝিকিমিকি করে উঠল।

"¿Qué me ha pasado?" pensó para sí.
"আমার কি হয়েছে?" সে মনে মনে ভাবল।

Pero no era un sueño del que no pudiera despertar.

কিন্তু এটা এমন কোন স্বপ্ন ছিল না যা থেকে সে জেগে উঠতে পারেনি।

En realidad era su propia habitación la que él se encontraba.
এটা আসলে তার নিজের ঘর যেখানে সে নিজেকে খুঁজে পেয়েছিল।

Un auténtico espacio para humanos, aunque un poco pequeño.
মানুষের জন্য একটা আসল ঘর, কিন্তু একটু বেশিই ছোট।

Él yacía tranquilamente entre las cuatro paredes conocidas.
সে চারটি সুপরিচিত দেয়ালের মাঝখানে চুপচাপ শুয়ে রইল।

Sobre la mesa había una colección de muestras textiles.
টেবিলে টেক্সটাইলের নমুনার একটি সংগ্রহ ছিল।

Samsa era un vendedor ambulante, de ahí las muestras.
সামসা একজন ভ্রমণকারী বিক্রয়কর্মী ছিলেন, তাই নমুনাগুলি।

Encima de las muestras textiles desmontadas había una imagen.
বিচ্ছিন্ন করা টেক্সটাইল নমুনার উপরে একটি ছবি ছিল।

Recientemente había recortado la imagen de una revista.
সম্প্রতি তিনি একটি ম্যাগাজিন থেকে ছবিটি কেটেছিলেন।

Había colocado el cuadro en un bonito marco dorado.
তিনি ছবিটি একটি সুন্দর, সোনালী ফ্রেমে স্থাপন করেছিলেন।

El cuadro enmarcado mostraba a una dama sentada erguida.
ফ্রেম করা ছবিতে একজন মহিলাকে সোজা হয়ে বসে থাকতে দেখানো হয়েছে।

Llevaba un gorro de piel y tenía un manguito de piel.
তার পরনে ছিল পশমের টুপি, আর পরনে ছিল পশমের মাফ।

Ella estaba levantando su mano hacia el espectador de la imagen.
সে ছবির দর্শকের দিকে হাত তুলছিল।

Todo su antebrazo desapareció dentro de su pesado manguito de piel.
তার পুরো বাহু তার ভারী পশমের মাফের মধ্যে অদৃশ্য হয়ে গেল।

Gregor miró por la ventana el clima gris.
গ্রেগর জানালা দিয়ে তাকিয়ে রইলো মলিন আবহাওয়ার দিকে।

Se podía oír fuertes gotas de lluvia golpeando la ventana.
জানালায় ভারী বৃষ্টির ফোঁটা পড়ার শব্দ শোনা যাচ্ছিল।

El clima gris lo hacía sentir muy melancólico.
ধূসর আবহাওয়া তাকে খুব বিষণ্ণ বোধ করাচ্ছিল।

"¿Qué tal si duermo un poco más?" pensó.
"আরেকটু ঘুমাবো কেমন হয়?" সে ভাবলো।

"Dormir más podría ayudarme a olvidar estas tonterías".
"আরও ঘুম আমাকে এই বাজে কথা ভুলে যেতে সাহায্য করতে পারে।"

Pero dormir más era completamente inviable.
কিন্তু আর ঘুমানো সম্পূর্ণ অসম্ভব ছিল।

Porque estaba acostumbrado a dormir sobre su lado derecho.
কারণ সে ডান কাত হয়ে ঘুমাতে অভ্যস্ত ছিল।

Pero su estado actual le impedía realizar sus movimientos habituales.
কিন্তু তার বর্তমান অবস্থা তার স্বাভাবিক চলাফেরাকে বাধাগ্রস্ত করছে।

No tenía forma de llegar a esa posición.
এই অবস্থানে নিজেকে ঢোকানোর কোন উপায় তার ছিল না।

Intentó con todas sus fuerzas lanzarse hacia su lado derecho.
সে তার ডান পাশে নিজেকে ঝাঁপিয়ে পড়ার জন্য যথাসাধ্য চেষ্টা করল।

Probablemente intentó este movimiento cientos de veces.
সে সম্ভবত একশ বার এই নড়াচড়া করার চেষ্টা করেছিল।

Pero él siempre volvía a la posición supina.
কিন্তু সে সবসময় কাত হয়ে শুয়ে থাকত।

Cerró los ojos para no ver sus piernas inquietas.
সে চোখ বন্ধ করে ফেলল যাতে তার নড়বড়ে পা দেখতে না পায়।

Al final el dolor le impidió intentarlo de nuevo.
শেষ পর্যন্ত তার ব্যথা তাকে আবার চেষ্টা করতে বাধা দিল।

Un dolor sordo en el costado que nunca había sentido antes.
তার পাশে একটা মৃদু ব্যথা যা সে আগে কখনও অনুভব করেনি।

«Oh Dios», pensó desesperado Gregorio Samsa.
"ওহ ঈশ্বর," গ্রেগর সামসা মরিয়া হয়ে মনে মনে ভাবল।

¡Qué profesión tan agotadora he elegido para mí!

"কী কঠিন পেশা আমি নিজের জন্য বেছে নিয়েছি!"

"Día tras día tengo que viajar por trabajo".

"দিনের পর দিন, কাজের জন্য আমাকে ঘুরে বেড়াতে হয়।"

"El trabajo de oficina es mucho más fácil que trabajar fuera de casa".

"রাস্তায় কাজ করার চেয়ে অফিসের কাজ অনেক সহজ।"

"Y tengo la maldición de tener que viajar."

"আর আমার অভিশাপ আছে ঘুরে বেড়াতে হয়।"

"Todas las preocupaciones por llegar a tiempo a los trenes."

"ট্রেনের জন্য সময়মতো পৌঁছানোর সমস্ত উদ্বেগ।"

"Mis horarios de comida son irregulares y la comida es mala".

"আমার খাবারের সময় অনিয়মিত, এবং খাবারও খারাপ।"

"Mis amigos siempre están cambiando de ciudad en ciudad."

"আমার বন্ধুরা সবসময় শহর থেকে শহরে পরিবর্তন হয়।"

"Las interacciones que tengo son frías y profesionales".

"আমার সাথে যে মিথস্ক্রিয়া হয় তা ঠান্ডা এবং পেশাদার।"

"¡Dejad que el Diablo se divierta con este tipo de trabajos!"

"এই ধরণের কাজে শয়তানকে নিজেকে আনন্দিত করতে দাও!"

Sintió un ligero picor en la parte superior del estómago.

সে তার পেটের উপরের অংশে হালকা চুলকানি অনুভব করল।

Se apoyó contra el poste de la cama, con la espalda.

সে নিজেকে বিছানার খুঁটির সাথে, পিঠ দিয়ে ঠেলে দিল।

Quería poder levantar mejor la cabeza.

সে আরও ভালোভাবে মাথা তুলতে চাইছিল।

Encontró el punto que le picaba y le molestaba.

সে চুলকানির জায়গাটি খুঁজে পেল যা তাকে বিরক্ত করছিল।

Su cabeza parecía estar cubierta de pequeños puntos blancos.

তার মাথা ছোট ছোট সাদা বিন্দু দিয়ে ঢাকা বলে মনে হচ্ছিল।

No podía decir qué eran esos pequeños puntos blancos.

এই ছোট সাদা বিন্দুগুলো কী ছিল তা সে বলতে পারল না।

Había planeado tocar el lugar con una de sus piernas.

সে তার এক পা দিয়ে সেই জায়গাটা স্পর্শ করার পরিকল্পনা করেছিল।

Pero cuando tocó el lugar sintió un extraño escalofrío.

কিন্তু যখন সে জায়গাটা স্পর্শ করল তখন সে একটা অদ্ভুত ঠান্ডা অনুভব করল।

Entonces inmediatamente retiró la pierna del lugar.

তাই সে তৎক্ষণাৎ তার পা সরিয়ে নিল ঘটনাস্থল থেকে।

No tuvo más remedio que aceptar la sensación de picazón.

চুলকানির অনুভূতি মেনে নেওয়া ছাড়া তার আর কোন উপায় ছিল না।

Y volvió a su posición anterior en la cama.

এবং সে বিছানায় তার আগের অবস্থানে ফিরে গেল।

"Despertarse tan temprano realmente te vuelve bastante estúpido".

"এত তাড়াতাড়ি ঘুম থেকে ওঠা সত্যিই একজনকে বেশ বোকা করে তোলে।"

"Un hombre debe dormir lo suficiente", pensó.

"একজন মানুষের পর্যাপ্ত ঘুম হওয়া উচিত," সে মনে মনে ভাবল।

"Los demás vendedores ambulantes viven una vida de lujo."

"অন্যান্য ভ্রমণকারী বিক্রয়কর্মীরা বিলাসবহুল জীবনযাপন করেন।"

"Por la mañana transfiero los pedidos que he recibido."

"সকালে আমি আমার প্রাপ্ত অর্ডারগুলি স্থানান্তর করি।"

"Mientras tanto esos señores todavía están desayunando."

"এদিকে ঐ ভদ্রলোকরা এখনও নাস্তা করছেন।"

"Imagínese si intentara hacer eso con mi jefe".

"ভাবুন তো, আমি যদি আমার বসের সাথে এটা করার চেষ্টা করতাম।"

"Me despediría antes de terminar mi desayuno."

"আমি নাস্তা শেষ করার আগেই সে আমাকে চাকরিচ্যুত করত।"

"Pero quizá eso tampoco sería lo peor."

"কিন্তু হয়তো সেটাও সবচেয়ে খারাপ জিনিস হবে না।"

"El problema es que mis padres me están frenando".

"সমস্যা হলো আমার বাবা-মা আমাকে আটকে রাখছেন।"

"Si no fuera por ellos ya habría dimitido."

"তারা না থাকলে আমি ইতিমধ্যেই পদত্যাগ করতাম।"

"Me habría enfrentado al jefe y se lo habría dicho".
"আমি বসের সামনে দাঁড়িয়ে তাকে বলতাম।"

"Diría exactamente lo que pienso de él y del trabajo".
"আমি তাকে এবং তার কাজ সম্পর্কে যা ভাবি তা ঠিকই বলব।"

"¡Se caería del escritorio si le contara todo!"
"আমি যদি তাকে সবকিছু বলে দেই তাহলে সে তার ডেস্ক থেকে পড়ে যাবে!"

"Es muy extraña la forma en que se sienta en su escritorio".
"তার ডেস্কে বসার ধরণটা খুবই অদ্ভুত।"

"La forma en que habla con sus subordinados no es correcta".
"সে তার অধস্তনদের সাথে যেভাবে কথা বলে তা ঠিক নয়।"

"Y lo peor es que su audición es muy pobre".
"আর সবচেয়ে খারাপ দিক হলো তার শ্রবণশক্তি খুবই দুর্বল।"

"Así que no te queda otra opción que sentarte muy cerca de él."
"তাহলে তার খুব কাছে বসে থাকা ছাড়া তোমার আর কোন উপায় নেই।"

Pero dicho todo esto, la esperanza no está completamente perdida todavía.
"কিন্তু যা বলা হচ্ছে, আশা এখনও পুরোপুরি হারিয়ে যায়নি।"

"Ahorraré el dinero para pagar la deuda de mis padres".
"আমি আমার বাবা-মায়ের ঋণ পরিশোধ করার জন্য টাকা জমাবো।"

"No puedo hacer nada mientras todavía le deban dinero".
"যতক্ষণ পর্যন্ত তারা তার কাছে টাকা পাওনা, আমি কিছুই করতে পারব না।"

"Pero cuando la deuda esté pagada definitivamente lo haré."
"কিন্তু ঋণ পরিশোধ হয়ে গেলে আমি অবশ্যই তা করব।"

"Probablemente tomará otros cinco o seis años."
"সম্ভবত আরও পাঁচ থেকে ছয় বছর সময় লাগবে।"

"Sí, entonces definitivamente se hará la gran separación".
"হ্যা, তাহলে অবশ্যই বড় বিচ্ছেদ হবে।"

"Por el momento, sin embargo, debo levantarme de la cama."

"তবে, আপাতত, আমাকে বিছানা থেকে উঠতে হবে।"

"Porque mi tren sale a las cinco en punto."

"কারণ আমার ট্রেন পাঁচটায় ছাড়বে।"

Gregor miró el despertador que sonaba sobre la mesa.

গ্রেগর টেবিলের উপর টিক টিক করে বাজতে থাকা অ্যালার্ম ঘড়ির দিকে তাকাল।

"¡Padre Celestial!" pensó al ver la hora.

"স্বর্গীয় পিতা!" সময় দেখে সে ভাবল।

Las seis y media ya habían pasado silenciosamente.

সাড়ে ছটা বাজে, নীরবে চলে গেছে।

Y las manecillas del reloj seguían avanzando.

আর ঘড়ির কাঁটাগুলো নিজেদের মতো করে সামনের দিকে এগিয়ে যেতে থাকল।

Y ahora se acercaba la cuarta hora menos cuarto.

আর এখন সময় সোয়া সাতটার দিকে এগিয়ে আসছিল।

"¿Quizás la alarma no sonó para despertarme?", pensó.

"হয়তো আমাকে জাগিয়ে তোলার জন্য অ্যালার্ম বাজেনি?" সে ভাবলো।

Desde la cama Gregor inspeccionó el despertador.

বিছানা থেকে গ্রেগর অ্যালার্ম ঘড়িটি পরীক্ষা করল।

El despertador estaba programado exactamente para las cuatro.

অ্যালার্ম ঘড়িটি সঠিকভাবে চারটার জন্য সেট করা ছিল।

No podía explicarlo, pero la alarma debió haber sonado.

সে এটা ব্যাখ্যা করতে পারল না, কিন্তু অ্যালার্মটা নিশ্চয়ই বেজে উঠল।

"¿Cómo pude dormirme a pesar de la alarma sin darme cuenta?"

"আমি না জেনে অ্যালার্মের মধ্যে কীভাবে ঘুমিয়ে পড়লাম?"

Cuando suena la alarma incluso sacude los muebles.

যখন অ্যালার্ম বাজে, তখন আসবাবপত্রও কেঁপে ওঠে।

Sabía que su sueño no había sido para nada tranquilo.

সে জানত যে তার ঘুম মোটেও শান্তিপূর্ণ ছিল না।

Pero quizá por eso su sueño era mucho más profundo.
কিন্তু হয়তো সে কারণেই তার ঘুম অনেক গভীর ছিল।

Tenía que pensar qué debía hacer ahora.
তাকে ভাবতে হয়েছিল এখন তার কী করা উচিত।

El siguiente tren no salía hasta las siete.
পরবর্তী ট্রেনটি সাতটা পর্যন্ত ছাড়েনি।

Coger ese tren sería casi imposible.
ওই ট্রেন ধরা প্রায় অসম্ভব হয়ে পড়ত।

Y aún no había empacado los textiles que necesitaba.
আর সে এখনও তার প্রয়োজনীয় কাপড় প্যাক করেনি।

Tampoco se sentía especialmente fresco y ágil.
তাকে বিশেষভাবে সতেজ এবং চটপটে বোধ হচ্ছিল না।

Quizás había una posibilidad de subir al tren.
হয়তো ট্রেনে ওঠার সুযোগ ছিল।

Pero de todas formas, un regaño por parte del jefe era inevitable.
কিন্তু বসের কাছ থেকে তিরস্কার অনিবার্য ছিল যে কোনওভাবেই।

El empleado habría subido al tren de las cinco.
কেরানি পাঁচটার ট্রেনে উঠতেন।

El oficinista era una criatura sin carácter del jefe.
অফিসের কেরানি ছিল বসের মেরুদণ্ডহীন প্রাণী।

Así que la ausencia de Gregor ya habría sido informada.
তাহলে গ্রেগরের অনুপস্থিতির খবর ইতিমধ্যেই জানা যেত।

"¿Qué pasa si llamo para avisar que estoy enfermo?" Gregor estaba pensando.
"আমি যদি অসুস্থ হয়ে ফোন করি?" গ্রেগর ভাবছিল।

Pero eso sería extremadamente embarazoso y sospechoso.
কিন্তু সেটা হবে অত্যন্ত লজ্জাজনক এবং সন্দেহজনক।

Gregor nunca había estado enfermo durante el tiempo que trabajó allí.
গ্রেগর যখন সেখানে কাজ করতেন, তখন তিনি কখনও অসুস্থ ছিলেন না।

Y ya les había dado cinco años de servicio.

এবং তিনি ইতিমধ্যেই তাদের পাঁচ বছরের চাকরি দিয়েছিলেন।

Lo más probable era que el jefe viniera a ver cómo estaba.
হয়তো বস তার খোঁজ নিতে আসবেন।

Probablemente traería al médico del seguro médico.
সে সম্ভবত স্বাস্থ্য বীমা ডাক্তারকে নিয়ে আসবে।

Y culparía a los padres por la pereza de su hijo.
আর সে তাদের অলস ছেলের জন্য বাবা-মাকে দোষারোপ করবে।

No podrían hacerle ninguna objeción.
তারা তার বিরুদ্ধে কোন আপত্তি জানাতে পারবে না।

Porque para él sólo había dos clases de trabajadores.
কারণ তার কাছে মাত্র দুই ধরণের কর্মী ছিল।

O bien los trabajadores estaban completamente sanos o bien eran reacios al trabajo.
হয় শ্রমিকরা সম্পূর্ণ সুস্থ ছিল, নয়তো কাজ করতে লজ্জা পাচ্ছিল।

¿Y estaría equivocado en ese análisis básico?
আর সে কি সেই মৌলিক বিশ্লেষণে ভুল হবে?

Ciertamente, en este caso tenía un argumento sólido.
অবশ্যই, এই ক্ষেত্রে, তার একটি জোরালো যুক্তি ছিল।

A pesar de su apariencia, Gregor en realidad se sentía bastante bien.
তার চেহারা সত্ত্বেও, গ্রেগর আসলে বেশ ভালো বোধ করছিল।

El sueño innecesariamente largo lo dejó un poco somnoliento.
অপ্রয়োজনীয় দীর্ঘ ঘুম তাকে একটু তন্দ্রাচ্ছন্ন করে তুলল।

Pero aparte de eso no podía quejarse de enfermedad.
কিন্তু তা ছাড়া সে অসুস্থতার অভিযোগ করতে পারেনি।

Incluso sintió un hambre especialmente fuerte y saludable.
এমনকি তিনি বিশেষভাবে তীব্র এবং স্বাস্থ্যকর ক্ষুধা অনুভব করেছিলেন।

Mientras pensaba estos pensamientos el reloj volvió a sonar.
এইসব ভাবনা ভাবতে ভাবতেই আবার ঘড়িটা বেজে উঠল।

Según la alarma eran ya las siete menos cuarto.
অ্যালার্ম অনুসারে এখন সোয়া সাতটা বাজে।

Y ahora también se oyó un suave golpe en la puerta.
আর এখন দরজায় মৃদু টোকাও পড়ল।

—Gregor —lo llamó alguien. Era la madre.
"গ্রেগর," কেউ একজন তাকে ডাকল - এটা ছিল মা।

"Son las siete menos cuarto", confirmó la alarma.
"এখন সোয়া সাতটা বাজে," সে অ্যালামটি নিশ্চিত করল।

¿No querías irte?, preguntó la suave voz.
"তুমি কি চলে যেতে চাওনি?" মৃদু কণ্ঠে জিজ্ঞাসা করল।

Gregor se asustó cuando oyó su voz respondiendo.
গ্রেগর যখন তার উত্তরের কণ্ঠস্বর শুনতে পেল, তখন সে ভয় পেয়ে গেল।

La voz seguía siendo la voz que siempre tuvo.
কণ্ঠস্বরটি এখনও সেই কণ্ঠস্বর যা তার সবসময় ছিল।

Pero ahora había un nuevo sonido mezclado en su voz.
কিন্তু এখন তার কণ্ঠে নতুন একটা সুর মিশে গেল।

Desde lo más profundo de él también salió un doloroso chillido.
তার ভেতর থেকেও একটা যন্ত্রণাদায়ক চিৎকার বেরিয়ে এলো।

Al principio su voz parecía formar palabras con claridad.
প্রথমে তার কণ্ঠস্বর স্পষ্টভাবে শব্দ গঠন করছে বলে মনে হয়েছিল।

Pero entonces Gregor escuchó el eco mental de su voz.
কিন্তু তারপর গ্রেগর তার কণ্ঠস্বরের মানসিক প্রতিধ্বনি শুনতে পেল।

La grabación de su voz se interrumpió de una manera extraña.
তার কণ্ঠের রেকর্ডিংটি অদ্ভুতভাবে ভেঙে গেল।

Y no estaba seguro de si había escuchado las cosas correctamente.
আর সে নিশ্চিত ছিল না যে সে ঠিকমতো শুনেছে কিনা।

Gregor sintió un profundo deseo de dar una respuesta detallada.
গ্রেগরের মনে গভীর ইচ্ছা জাগলো বিস্তারিত উত্তর দেওয়ার।

Quería explicarle todo claramente a su madre.

সে তার মাকে সবকিছু স্পষ্টভাবে ব্যাখ্যা করতে চেয়েছিল।

Pero, dadas las circunstancias, tuvo que limitarse.
কিন্তু, পরিস্থিতির পরিপ্রেক্ষিতে, তাকে নিজেকে সীমাবদ্ধ রাখতে হয়েছিল।

Y respondió mucho más breve de lo que le hubiera gustado.
আর সে তার পছন্দের চেয়ে অনেক ছোট উত্তর দিল।

-Sí madre, no te preocupes, gracias, ya estoy levantado.
"ইঁয়া মা, চিন্তা করো না, ধন্যবাদ, আমি ইতিমধ্যেই উঠে পড়েছি।"

La puerta de madera probablemente ayudó a amortiguar su voz.
কাঠের দরজাটি সম্ভবত তার কণ্ঠস্বরকে দমন করতে সাহায্য করেছিল।

Desde fuera el cambio en la voz de Gregor pasó desapercibido.
বাইরে গ্রেগরের কণ্ঠস্বরের পরিবর্তন অলক্ষিত রইল।

La madre pareció estar satisfecha con su explicación.
মা তার ব্যাখ্যায় সন্তুষ্ট বলে মনে হলো।

Y ella se fue de nuevo tan silenciosamente como había llegado.
আর সে আবার চলে গেল ঠিক যেমনটা সে এসেছিল ঠিক তেমনই।

Pero la pequeña conversación tuvo un efecto no deseado.
কিন্তু ছোট্ট কথোপকথনের একটা অবাঞ্ছিত প্রভাব পড়েছিল।

Llamó la atención de los demás miembros de la familia.
সে পরিবারের অন্যান্য সদস্যদের দৃষ্টি আকর্ষণ করে।

Gregor todavía estaba en casa y no había ido a trabajar.
গ্রেগর তখনও বাড়িতে ছিল এবং কাজে যায়নি।

Y ahora el padre también llamó a la puerta lateral.
আর এখন বাবাও পাশের দরজায় কড়া নাড়লেন।

Golpeó débilmente, pero decidido, con el puño.
সে দুর্বলভাবে আঘাত করল, কিন্তু দৃঢ়ভাবে, তার মুষ্টি দিয়ে।

—Gregor, Gregor —gritó—, ¿cuál es el problema?
"গ্রেগর, গ্রেগর," সে বলল, "সমস্যাটা কী?"

Al cabo de un rato volvió a advertir con voz más grave.
কিছুক্ষণ পর সে আরও গভীর কণ্ঠে আবার সতর্ক করল।

Pero ahora la hermana llamó a la puerta del otro lado.
কিন্তু অন্য পাশের দরজায় বোন এবার নক করলো।

"¿Gregor? ¿No te encuentras bien?", preguntó en voz baja.
"গ্রেগর? তুমি কি ভালো নেই?" সে শান্তভাবে জিজ্ঞাসা করল।

"¿Necesitas algo?" preguntó preocupada.
"তোমার কি কিছু প্রয়োজন আছে," সে চিন্তিত হয়ে জিজ্ঞেস করল।

Gregor respondió a ambas partes: "Ya he terminado".
গ্রেগর উভয় পক্ষের উত্তর দিলেন: "আমি ইতিমধ্যেই শেষ।"

Había hecho todo lo posible para pronunciar todas las palabras con cuidado.
সে সব শব্দ সাবধানে উচ্চারণ করার জন্য যথাসাধ্য চেষ্টা করেছিল।

Y eliminó todo lo que era llamativo en su voz.
আর সে তার কণ্ঠস্বরে স্পষ্ট সবকিছু মুছে ফেলল।

El padre también parecía satisfecho con la respuesta.
বাবাও উত্তরে সন্তুষ্ট বলে মনে হলো।

Y regresó a su desayuno inacabado.
এবং সে তার অসমাপ্ত নাস্তায় ফিরে গেল।

Pero la hermana susurró: "Gregor, ábreme, te lo ruego".
কিন্তু বোন ফিসফিস করে বলল, "গ্রেগর, মুখ খুলো, আমি তোমাকে অনুরোধ করছি।"

Pero su preocupación por él no podía conmoverlo de ninguna manera.
কিন্তু তার প্রতি তার উদ্বেগ তাকে কোনওভাবেই নাড়া দিতে পারেনি।

Gregor no tenía intención de abrirle la puerta.
গ্রেগরের তার জন্য দরজা খোলার কোনও ইচ্ছা ছিল না।

Había adquirido algunos hábitos de cautela al viajar.
ভ্রমণের মাধ্যমে সে কিছু সতর্ক অভ্যাস অর্জন করেছিল।

Y se alababa a sí mismo por haber cerrado las puertas.
আর দরজা বন্ধ করার জন্য সে নিজের প্রশংসা করল।

Primero quiso levantarse tranquilamente y a su propio ritmo.
প্রথমে সে চুপচাপ নিজের সময়ে উঠতে চেয়েছিল।

Y sin que nadie le molestara quiso vestirse.
আর, বিরক্ত না হয়ে, সে পোশাক পরতে চাইল।

Una vez logrado esto, quiso entonces desayunar.
সেটা অর্জনের পর, সে তখন নাস্তা করতে চাইল।

Sólo entonces quiso reflexionar más sobre la situación.
কেবল তখনই তিনি পরিস্থিতিটি আরও বিবেচনা করতে চেয়েছিলেন।

Sabía que no tenía sentido hacer planes en la cama.
সে জানত বিছানায় বসে পরিকল্পনা করে কোন লাভ নেই।

Sería imposible llegar a una conclusión sensata.
একটি যুক্তিসঙ্গত সিদ্ধান্তে পৌঁছানো অসম্ভব হবে।

Había habido otras ocasiones en las que se despertó con
dolores leves.
অন্য সময় তিনি হালকা ব্যথা নিয়ে ঘুম থেকে উঠেছিলেন।

Estos dolores siempre resultaban ser pura imaginación.
এই যন্ত্রণাগুলো সবসময়ই নিছক কল্পনায় পরিণত হয়েছে।

Al levantarme de la cama el dolor invariablemente
desaparecía.
বিছানা থেকে নামার সময় ব্যথা সবসময় কমে যেত।

Tenía curiosidad por ver qué pasaría con esas ideas.
এই ধারণাগুলির কী হবে তা দেখার জন্য সে কৌতূহলী ছিল।

El cambio en su voz probablemente se debió sólo a un
resfriado.
তার কণ্ঠস্বরের এই পরিবর্তন সম্ভবত ঠান্ডা লাগার কারণেই হয়েছে।

Los resfriados son simplemente un riesgo laboral para los
viajeros.
ভ্রমণকারীদের জন্য ঠান্ডা কেবল একটি পেশাগত বিপদ।

No tenía ninguna duda de que ésa era la explicación lógica.
তার কোন সন্দেহ ছিল না যে এটাই যৌক্তিক ব্যাখ্যা।

Logró quitarse la manta de encima con facilidad.
নিজের গা থেকে কম্বলটা খুলে ফেলাটা সহজেই সম্ভব হয়েছিল।

Lo único que tenía que hacer era inhalar e inflarse.
তাকে শুধু শ্বাস নিতে হয়েছিল এবং নিজেকে ফুলিয়ে তুলতে হয়েছিল।

La manta se deslizó de su cuerpo y cayó al suelo.

কম্বলটি তার শরীর থেকে সরে মেঝেতে পড়ে গেল।

Su cuerpo increíblemente ancho dificultaba otras cosas.
তার অবিশ্বাস্যভাবে প্রশস্ত শরীর অন্যান্য জিনিসগুলিকে কঠিন করে তুলেছিল।

Habría necesitado brazos y manos para ponerse de pie.
তার দাঁড়ানোর জন্য হাত ও হাতের প্রয়োজন হত।

Pero ya no tenía las extremidades que solía tener.
কিন্তু তার আগের মতো অঙ্গ-প্রত্যঙ্গ ছিল না।

En lugar de brazos y manos tenía muchas piernas pequeñas.
বাহু ও হাতের পরিবর্তে তার অনেক ছোট ছোট পা ছিল।

Y sus piernas se movían constantemente, sin su control.
আর তার পা ক্রমাগত নড়ছিল, তার নিয়ন্ত্রণ ছাড়াই।

Intentó doblar una pierna, pero en lugar de eso se estiró.
সে একটা পা বাঁকানোর চেষ্টা করল, কিন্তু তার বদলে সেটা প্রসারিত হয়ে গেল।

Finalmente logró controlar una pierna.
অবশেষে সে একটি পা নিজের নিয়ন্ত্রণে আনতে সক্ষম হলো।

Pero luego se liberó el movimiento de las otras piernas.
কিন্তু তারপর অন্য পায়ের নড়াচড়া ছেড়ে দেওয়া হলো।

Y todas sus piernas se crisparon de extrema excitación.
আর প্রচণ্ড উত্তেজনায় তার সব পা কাঁপছিল।

Primero quería sacar la parte inferior de su cuerpo de la cama.
প্রথমে সে তার শরীরের নিচের অংশ বিছানা থেকে বের করতে চাইল।

Pero en realidad aún no había visto la parte inferior de su cuerpo.
কিন্তু সে আসলে এখনও তার শরীরের নিচের অংশ দেখতে পায়নি।

Y, de todas formas, resultó demasiado difícil mover esta pieza.
আর যাই হোক, এই অংশটি সরানো খুব কঠিন প্রমাণিত হয়েছিল।

Finalmente, con todas sus fuerzas, realizó un movimiento salvaje.

অবশেষে, তার সমস্ত শক্তি দিয়ে, সে একটি বন্য পদক্ষেপ নিল।

Sin más vacilación, avanzó.
আর দ্বিধা না করে সে নিজেকে এগিয়ে নিল।

Pero había elegido la dirección equivocada.
কিন্তু সে ভুল দিক বেছে নিয়েছিলো যাওয়ার জন্য।

Golpeó violentamente su cuerpo contra el poste inferior de la cama.
সে তার শরীরকে নীচের বিছানার খুঁটিতে জোরে আঘাত করে।

El dolor ardiente que sintió le enseñó una valiosa lección.
তার অনুভব করা জ্বলন্ত যন্ত্রণা তাকে একটি মূল্যবান শিক্ষা দিয়েছিল।

La parte inferior de su cuerpo era quizás más sensible.
তার শরীরের নিচের অংশ হয়তো বেশি সংবেদনশীল ছিল।

Entonces intentó sacar primero la parte superior del cuerpo de la cama.
তাই সে প্রথমে তার শরীরের উপরের অংশ বিছানা থেকে তোলার চেষ্টা করল।

Giró cuidadosamente la cabeza en la dirección correcta.
সে সাবধানে সঠিক দিকে মাথা ঘুরিয়ে নিল।

Y pronto su cabeza estaba mirando hacia el borde de la cama.
আর শীঘ্রই তার মাথা বিছানার কিনারার দিকে মুখ করে ছিল।

Este movimiento cauteloso en realidad fue fácil para él.
এই সতর্ক পদক্ষেপটি আসলে তার জন্য সহজ ছিল।

Y su anchura y peso no detuvieron su movimiento.
আর তার প্রস্থ এবং ওজন তার নড়াচড়া থামাতে পারেনি।

La masa de su cuerpo siguió lentamente el giro de la cabeza.
মাথার ঘুর্ণনের সাথে সাথে তার শরীরের ভর ধীরে ধীরে বাড়তে থাকে।

Pero luego sostuvo su cabeza sobre el borde de la cama.
কিন্তু তারপর সে বিছানার কিনারায় মাথা রাখল।

Y se enfrentó a un nuevo miedo en el que aún no había pensado.
এবং সে এমন একটি নতুন ভয়ের মুখোমুখি হল যা সে এখনও ভাবেনি।

Avanzar más por este camino podría ser peligroso.

এভাবে আরও এগিয়ে যাওয়া বিপজ্জনক হতে পারে।

Había pensado que simplemente se dejaría caer.
সে ভেবেছিল যে সে নিজেকে পড়ে যেতে দেবে।

Pero sería un milagro si no se lesionara la cabeza.
কিন্তু যদি তার মাথায় আঘাত না লাগত, তাহলে সেটা হবে অলৌকিক ঘটনা।

Ahora no era el momento de arriesgarse a perder el conocimiento.
এখন জ্ঞান হারানোর ঝুঁকি নেওয়ার সময় নয়।

Quizás sería mejor quedarse en la cama después de todo.
হয়তো সর্বোপরি বিছানায় থাকাই ভালো হবে।

Pero luego tuvo que hacer el mismo esfuerzo para regresar.
কিন্তু তারপর তাকে ফিরে আসার জন্য একই প্রচেষ্টা করতে হয়েছিল।

Después de todo ese esfuerzo él estaba tendido allí igual que antes.
এত চেষ্টার পরও সে আগের মতোই শুয়ে ছিল।

Y ahora sus piernas parecían incluso más enojadas que antes.
আর এখন তার পা আগের চেয়েও বেশি রেগে গেছে।

Los movimientos de sus piernas se habían vuelto aún más incontrolables.
তার পায়ের নড়াচড়া আরও বেশি অনিয়ন্ত্রিত হয়ে পড়েছিল।

No veía manera de salir de la situación en la que se encontraba.
সে যে পরিস্থিতির মধ্যে ছিল তা থেকে বেরিয়ে আসার কোন উপায় দেখছিল না।

De este caos no fue posible sacar la paz ni el orden.
এই বিশৃঙ্খলা থেকে শান্তি ও শৃঙ্খলা বের করা যায়নি।

Pero sabía que quedarse en la cama tampoco era una opción.
কিন্তু সে জানত বিছানায় থাকাও কোন বিকল্প নয়।

Sacrificarlo todo era la opción más sensata.
সবকিছু ত্যাগ করাই ছিল সবচেয়ে বুদ্ধিমানের কাজ।

Se aferró a la más mínima esperanza de levantarse de la cama.

বিছানা থেকে ওঠার সামান্যতম আশাও সে ধরে রাখল।

Si lo hubiera conseguido, todo riesgo habría valido la pena.

যদি সে এটা করতে পারত, তাহলে সমস্ত ঝুঁকিই তার জন্য উপযুক্ত হত।

Pero al mismo tiempo también recordó algo más.

কিন্তু একই সাথে তার অন্য কিছু মনে পড়ল।

"Mejores que decisiones desesperadas son reflexiones tranquilas."

"হতাশাজনক সিদ্ধান্তের চেয়ে শান্ত প্রতিফলন ভালো।"

Con todo su esfuerzo centró su mirada en la ventana.

সর্বাত্মক প্রচেষ্টার মাধ্যমে সে জানালার দিকে চোখ নিবদ্ধ করল।

Pero lo que vio le trajo poca confianza y alegría.

কিন্তু সে যা দেখল তাতে আত্মবিশ্বাস এবং আনন্দের অভাব ছিল।

La niebla de la mañana cubría toda la estrecha calle.

সকালের কুয়াশা পুরো সরু রাস্তা ঢেকে ফেলেছিল।

El despertador volvió a sonar; ahora eran las siete.

আবার অ্যালার্ম ঘড়িটা বেজে উঠল; এখন সাতটা বাজে।

"Ya son las siete y todavía hay mucha niebla."

"এখন সাতটা বেজে গেছে আর এখনও এত কুয়াশা আছে।"

Durante un rato permaneció en silencio, respirando débilmente.

কিছুক্ষণ সে চুপচাপ শুয়ে রইল, কেবল দুর্বলভাবে শ্বাস নিচ্ছিল।

Quizás un poco de quietud traería algo de normalidad.

হয়তো কিছুটা নীরবতা কিছুটা স্বাভাবিকতা এনে দেবে।

Un silencio absoluto podría provocar las condiciones reales.

সম্পূর্ণ নীরবতাই প্রকৃত পরিস্থিতি তৈরি করতে পারে।

Pero antes de que el reloj volviera a sonar, rompió el silencio.

কিন্তু আবার ঘড়ি বাজানোর আগেই, সে নীরবতা ভাঙল।

"Antes de que el reloj vuelva a sonar, debo levantarme de la cama."

"ঘড়ি আবার বাজানোর আগে আমাকে বিছানা থেকে উঠতে হবে।"

"Para entonces tengo que estar totalmente fuera de la cama."
"তখন আমার বিছানা থেকে পুরোপুরি উঠে পড়তে হবে।"

"Después de las siete y cuarto la oficina enviará a alguien."
"সন্ধ্যা সোয়া সাতটার পর অফিস কাউকে পাঠাবে।"

"Porque la oficina abrió antes de las siete."
"কারণ অফিস সাতটার আগেই খোলে।"

Y ahora empezó a balancear su cuerpo fuera de la cama.
আর সে এখন বিছানা থেকে তার শরীর দুলাতে শুরু করল।

Había abandonado el centrarse en la parte superior o inferior de su cuerpo.
সে তার শরীরের উপরের বা নীচের দিকে মনোযোগ দেওয়া ছেড়ে দিয়েছিল।

Todo el largo de su cuerpo tuvo que salir de la cama.
তার শরীরের পুরো অংশ বিছানা থেকে বেরিয়ে আসতে হয়েছিল।

Caer de esa manera debería proteger su cabeza, pensó.
সে ভাবলো, এভাবে পড়ে গেলে তার মাথা রক্ষা করা উচিত।

Había planeado levantar la cabeza cuando cayera al suelo.
সে মাটিতে পড়ার সময় মাথা উঁচু করার পরিকল্পনা করেছিল।

La parte posterior de su cuerpo parecía lo suficientemente dura para el impacto.
তার শরীরের পেছনের অংশ আঘাতের জন্য যথেষ্ট শক্ত মনে হচ্ছিল।

Y la alfombra estaba allí para suavizar el aterrizaje.
আর অবতরণ নরম করার জন্য কার্পেট ছিল।

Sin embargo, su mayor preocupación era el fuerte ruido.
তবে তার সবচেয়ে বড় উদ্বেগ ছিল বিকট শব্দ।

El ruido estrepitoso asustaría a todos en la casa.
ধাক্কার শব্দে বাড়ির সবাই ভীত হয়ে পড়বে।

Quizás no les daría miedo el ruido fuerte.
হয়তো তারা বিকট শব্দে ভয় পেত না।

Pero seguramente se preocuparían si oyeran eso.
কিন্তু যদি তারা শুনতে পেত তাহলে তারা অবশ্যই চিন্তিত হত।

Pero había que correr el riesgo de llamar la atención.

কিন্তু মনোযোগ আকর্ষণের ঝুঁকি নিতেই হয়েছিল।

El nuevo método era más un juego que un esfuerzo.
নতুন পদ্ধতিটি প্রচেষ্টার চেয়ে বরং একটি খেলা ছিল।

Tuvo que balancear su cuerpo con movimientos bruscos y espasmódicos.
হঠাৎ এবং ঝাঁকুনি দিয়ে তাকে তার শরীর নাড়াতে হয়েছিল।

Gregor ya estaba medio levantado de la cama.
গ্রেগর ইতিমধ্যেই বিছানা থেকে অর্ধেক উঠে পড়েছিল।

Ahora se le ocurrió una idea nueva.
এবার তার মনে একটা নতুন চিন্তা এলো।

"Todo sería tan fácil si alguien viniera en mi ayuda."
"কেউ যদি আমার সাহায্যে আসতো তাহলে সবকিছু খুব সহজ হতো।"

"Dos personas fuertes serían suficientes."
"দু'জন শক্তিশালী লোকই যথেষ্ট।"

Su padre y la criada serían lo suficientemente fuertes.
তার বাবা এবং দাসী যথেষ্ট শক্তিশালী হবে।

Sólo tendrían que deslizar los brazos bajo su espalda.
তাদের কেবল তার পিঠের নীচে তাদের হাত রাখতে হবে।

Y luego pudieron sacarlo fácilmente de la cama.
আর তারপর তারা সহজেই তাকে বিছানা থেকে তুলে ফেলতে পারত।

Quizás habrían tenido que bajarle el peso poco a poco.
হয়তো তাদের ধীরে ধীরে তার ওজন কমাতে হতো।

Ojalá entonces las piernas hubieran encontrado su propósito.
আশা করি তখন পাগুলো তাদের উদ্দেশ্য খুঁজে পেত।

¿No sería mejor después de todo pedir ayuda?
"সর্বোপরি, সাহায্যের জন্য ফোন করা কি ভালো হবে না?"

El problema, por supuesto, era que había cerrado las puertas.
সমস্যাটা অবশ্যই ছিল যে সে দরজাগুলো বন্ধ করে দিয়েছিল।

Había algo en ese pensamiento que le hacía cosquillas.
এই চিন্তায় এমন কিছু ছিল যা তাকে সুড়সুড়ি দিচ্ছিল।

Y a pesar de sus dificultades, no pudo evitar esbozar una sonrisa.

আর কষ্ট সত্ত্বেও, সে হাসি চেপে রাখতে পারল না।

Ya estaba cerca de perder el equilibrio.

সে এখন তার ভারসাম্য হারানোর কাছাকাছি ছিল।

Cada movimiento lo acercaba más a caerse de la cama.

প্রতিটি দোলনা তাকে বিছানা থেকে নামার কাছাকাছি নিয়ে আসছিল।

Pronto tendría que tomar la decisión final.

শীঘ্রই তাকে চূড়ান্ত সিদ্ধান্ত নিতে হবে।

En cinco minutos serían las siete y cuarto.

পাঁচ মিনিট পরেই সোয়া সাতটা বাজে।

Mientras pensaba estos pensamientos, sonó el timbre.

এইসব ভাবনা ভাবতে ভাবতেই দরজার বেল বেজে উঠল।

"Es alguien de la oficina", se dijo.

"ওটা অফিসের কেউ," সে মনে মনে বলল।

Y casi se quedó paralizado de miedo ante la visita.

আর দর্শনার্থীর কারণে সে ভয়ে প্রায় নিথর হয়ে গেল।

Sus piernas bailaron aún más salvajemente que antes.

তার পা আগের চেয়েও বেশি উন্মত্তভাবে নাচছিল।

Pero luego, por un momento, todo quedó en silencio.

কিন্তু তারপর, কিছুক্ষণের জন্য, সবকিছু নীরব রইল।

"No abrirán la puerta", se dijo Gregor.

"ওরা দরজা খুলবে না," গ্রেগর মনে মনে বলল।

Todavía estaba atrapado en una esperanza sin sentido.

সে তখনও কোন অথহীন আশায় আটকে ছিল।

Pero luego, por supuesto, la criada se dirigió a la puerta.

কিন্তু তারপর, অবশ্যই, দাসী দরজার দিকে হেঁটে গেল।

Y como siempre, le abrió la puerta al visitante.

এবং, সর্বদা হিসাবে, তিনি দর্শনার্থীর জন্য দরজা খুলে দিলেন।

A Gregor le bastó con oír el primer saludo del visitante.

গ্রেগরের কেবল অতিথির প্রথম অভিবাদন শুনতে হয়েছিল।

Pudo saber inmediatamente quién había venido a buscarlo.

সে সরাসরি বলতে পারল কে তার জন্য এসেছে।

El propio jefe de oficina había venido a ver cómo estaba Samsa.

প্রধান কেরানি নিজেই সামসার খোঁজ নিতে এসেছিলেন।

¿Por qué Gregor fue el único condenado a este destino?

কেন গ্রেগরকেই এই পরিণতির মুখোমুখি হতে হল?

¿Por qué sólo él tuvo que servir en tal organización?

কেন কেবল তাকেই এমন একটি প্রতিষ্ঠানে কাজ করতে হল?

El más mínimo descuido despertaba inmediatamente sospechas.

সামান্যতম অবহেলা তৎক্ষণাৎ সন্দেহের উদ্রেক করে।

¿Todos los empleados que trabajaban allí eran unos sinvergüenzas?

সেখানে কাজ করা সব কর্মচারী কি বখাটে ছিল?

¿No había entre ellos ninguna persona fiel y devota?

তাদের মধ্যে কি কোন বিশ্বস্ত ও নিবেদিতপ্রাণ ব্যক্তি ছিল না?

¿No podrían haber enviado simplemente un aprendiz?

তারা কি একজন শিক্ষানবিশ পাঠাতে পারত না?

¿Era realmente necesario todo este cuestionamiento?

এই সব প্রশ্ন তোলা কি আসলেই প্রয়োজন ছিল?

¿El representante autorizado tenía que venir personalmente?

অনুমোদিত প্রতিনিধিকে কি নিজে আসতে হয়েছিল?

¿Había que informar a toda la familia inocente?

পুরো নিরীহ পরিবারকে কি জানানোর দরকার ছিল?

Todas estas consideraciones impulsaron a Gregor a actuar.

এই সমস্ত বিবেচনা গ্রেগরকে পদক্ষেপ নিতে অনুপ্রাণিত করেছিল।

Se levantó de la cama con todas sus fuerzas.

সে তার সমস্ত শক্তি দিয়ে বিছানা থেকে নেমে পড়ল।

Se escuchó un fuerte estallido, pero no era realmente un ruido.

একটা জোরে শব্দ হলো, কিন্তু আসলে সেটা কোন শব্দ ছিল না।

La caída había sido ligeramente suavizada por la alfombra.

কার্পেটের কারণে শরৎকালটা একটু নরম হয়ে গিয়েছিল।

Su espalda era más elástica de lo que Gregor había pensado.
গ্রেগর যা ভেবেছিল তার চেয়েও বেশি স্থিতিস্থাপক ছিল তার পিঠ।

Así que el sonido era más apagado y no tan perceptible.
তাই শব্দটা আরও মৃদু ছিল, এবং তেমন লক্ষণীয় ছিল না।

Pero no había cuidado su cabeza durante la caída.
কিন্তু পতনের সময় সে তার মাথার যত্ন নেয়নি।

Y cuando golpeó el suelo también se golpeó la cabeza.
আর যখন সে মাটিতে পড়ে গেল, তখন তার মাথায়ও আঘাত লাগল।

Se frotó la cabeza contra la alfombra con rabia y dolor.
রাগে আর যন্ত্রণায় সে কার্পেটে মাথা ঘষে।

Pero el gerente de la habitación de al lado escuchó el ruido.
কিন্তু পাশের ঘরে থাকা ম্যানেজার শব্দ শুনতে পেলেন।

"Algo cayó allí", observó correctamente.
"ওখানে কিছু একটা পড়ে গেছে," সে সঠিকভাবে লক্ষ্য করল।

Gregor intentó imaginarse al gerente en su situación.
গ্রেগর তার পরিস্থিতিতে ম্যানেজারকে কল্পনা করার চেষ্টা করল।

"¿Podría pasarle lo mismo a él?" se preguntó.
"তার সাথেও কি একই ঘটনা ঘটতে পারে?" সে ভাবলো।

Aceptó que este extraño acontecimiento pudiera ser posible.
তিনি মেনে নিলেন যে এই অদ্ভুত ঘটনাটি সম্ভব হতে পারে।

Y entonces el jefe de oficina dio unos pasos hacia la habitación.
আর তারপর প্রধান কেরানি কয়েক পা এগিয়ে ঘরের দিকে এগোলেন।

Fue casi una respuesta burda a la pregunta que hizo.
এটা তার জিজ্ঞাসা করা প্রশ্নের প্রায় একটা অশোধিত উত্তর ছিল।

Sus botas de cuero crujieron cuando se acercó a la puerta.
দরজার কাছে আসতেই তার চামড়ার বুটগুলো চিৎকার করে উঠল।

Desde la habitación de su derecha su criada le susurró:
ডান দিকের ঘর থেকে তার কাজের মেয়েটি তাকে ফিসফিসিয়ে বলল।

Gregor, el representante autorizado está aquí.
"গ্রেগর, অনুমোদিত প্রতিনিধি এখানে।"

—Lo sé —dijo Gregor, pero sólo en voz baja, para sí mismo.

"আমি জানি," গ্রেগর বলল, কিন্তু কেবল নিজের কাছে চুপচাপ।

No se atrevió a levantar la voz por encima de un susurro.

ফিসফিসানির উপরে তার কণ্ঠস্বর উঁচু করার সাহস তার হলো না।

Porque Gregor no quería que su hermana lo oyera.

কারণ গ্রেগর চাইছিল না তার বোন তার কথা শুনুক।

—Gregor —dijo el padre desde la habitación de la izquierda.

"গ্রেগর," বাম দিকের ঘর থেকে বাবা বললেন।

"El gerente ha venido a comprobar cuál es el problema".

"ম্যানেজার সমস্যাটা কী তা পরীক্ষা করতে এসেছেন।"

"Él te preguntó por qué no saliste en el tren temprano."

"সে জিজ্ঞেস করল তুমি কেন আগের ট্রেনে যাওনি?"

"No sabemos qué decirle", dijo el padre.

"আমরা জানি না তাকে কী বলব," বাবা বললেন।

"Por cierto, también quiere hablar contigo personalmente."

"যাইহোক, সেও তোমার সাথে ব্যক্তিগতভাবে কথা বলতে চায়।"

"Por favor, abre la puerta para que pueda hablar contigo."

"দয়া করে দরজাটা খুলে দিন, যাতে সে আপনার সাথে কথা বলতে পারে।"

"Tendrá la amabilidad de disculpar el desorden en la habitación".

"ঘরের গোলমালের জন্য সে যথেষ্ট সদয় হবে।"

"Buenos días, señor Samsa", le saludó el gerente.

"শুভ সকাল, মিঃ সামসা," ম্যানেজার তাকে ডাকলেন।

Y ciertamente le habló de manera amistosa.

এবং তিনি অবশ্যই তার সাথে বন্ধুত্বপূর্ণভাবে কথা বলেছিলেন।

"No está bien", le dijo la madre al gerente.

"ওর শরীর ভালো নেই," মা ম্যানেজারকে বললেন।

"No se encuentra bien en absoluto, créame, querido gerente."

"বিশ্বাস করো, প্রিয় ম্যানেজার, সে মোটেও ভালো নেই।"

¿Por qué si no, Gregor perdería el tren de la mañana?

"নাহলে গ্রেগর কেন সকালের ট্রেন মিস করবে?"

"El chico no tiene nada en la cabeza excepto el negocio."
"ছেলেটার মাথায় ব্যবসা ছাড়া আর কিছুই নেই।"

"Casi me molesta que no haga nada más".
"এটা আমাকে প্রায় বিরক্ত করে যে সে আর কিছুই করে না।"

"Me gustaría que saliera por las noches a tomar aire fresco".
"আমি চাই সে সন্ধ্যায় তাজা বাতাসের জন্য বাইরে যেত।"

"Estuvo en la ciudad ocho días por negocios."
"সে ব্যবসার কাজে আট দিন শহরে ছিল।"

"Pero él estaba en casa todas esas noches"
"কিন্তু তারপর সে প্রতি সন্ধ্যায় বাড়িতেই থাকত"

"Se sienta en nuestra mesa y lee el periódico".
"সে আমাদের টেবিলে বসে খবরের কাগজ পড়ছে।"

"En otras ocasiones, estudia los horarios de los trenes."
"অন্যান্য সময়ে, সে ট্রেনের সময়সূচী অধ্যয়ন করে।"

"A veces se mantiene ocupado con la carpintería".
"মাঝে মাঝে সে নিজেকে কাঠমিস্ত্রির কাজে ব্যস্ত রাখে।"

"Por ejemplo, talló un pequeño marco de madera para cuadros".
"উদাহরণস্বরূপ, তিনি একটি ছোট কাঠের ছবির ফ্রেম খোদাই করেছিলেন।"

"Estuvo ocupado con la sierra durante dos o tres tardes".
"দুই বা তিন সন্ধ্যা ধরে সে করাত নিয়ে ব্যস্ত ছিল।"

"Te sorprenderá lo bonito que es el marco de fotos".
"ছবির ফ্রেমটা কত সুন্দর তা দেখে তুমি অবাক হয়ে যাবে।"

"Ha colgado el marco de fotos en su habitación."
"সে তার ঘরে ছবির ফ্রেম টাঙিয়ে রেখেছে।"

"Cuando abra la puerta veréis su carpintería."
"যখন সে দরজা খুলবে, তুমি তার কাঠের কাজ দেখতে পাবে।"

"Por cierto, me alegro de que esté aquí, señor Prokurist".
"যাইহোক, আমি খুশি যে আপনি এখানে আছেন, মিঃ প্রোকুরিস্ট।"

"Solos no habríamos podido lograr que Gregor abriera la puerta."

"আমরা একা গ্রেগরকে দরজা খুলতে বাধ্য করতে পারতাম না।"

"Es muy terco", le confesó su madre al empleado.
"সে খুব জেদী," তার মা কেরানির কাছে স্বীকার করলেন।

"Ciertamente está enfermo, aunque antes lo negó".
"তিনি অবশ্যই অসুস্থ, যদিও তিনি আগে অস্বীকার করেছিলেন।"

"Estaré allí enseguida", dijo Gregor lentamente y con cuidado.
"আমি এখনই আসছি," গ্রেগর ধীরে ধীরে এবং সাবধানে বলল।

Pero no hizo ningún movimiento hacia la puerta de la habitación.
কিন্তু সে ঘরের দরজার দিকে কোন নড়াচড়া করল না।

No quería perderse ni una palabra de la conversación.
তিনি কথোপকথনের একটি শব্দও হারাতে চাননি।

El secretario jefe estuvo de acuerdo con la evaluación de la madre.
প্রধান কেরানি মায়ের মূল্যায়নের সাথে একমত হলেন।

-Tampoco puedo explicarlo de otra manera, señora.
"আমি এটা অন্য কোনভাবে ব্যাখ্যা করতে পারব না, ম্যাডাম।"

"Esperemos que no tenga ninguna enfermedad grave", dijo.
"আসুন আমরা সবাই আশা করি তার কোনও গুরুতর অসুস্থতা নেই," তিনি বলেন।

"Por otro lado, es un peligro en nuestra industria".
"অন্যদিকে, এটি আমাদের শিল্পে একটি বিপদ।"

"Nosotros, los empresarios, a menudo tenemos que superar el malestar."
"আমরা ব্যবসায়ীদের প্রায়শই অস্বস্তি কাটিয়ে উঠতে হয়।"

"Los profesionales simplemente tienen que aguantar los dolores leves".
"পেশাদারদের কেবল সামান্য যন্ত্রণার মধ্য দিয়ে এগিয়ে যেতে হয়।"

Mientras tanto su padre volvió a llamar a la otra puerta.
ইতিমধ্যে তার বাবা আবার অন্য দরজায় কড়া নাড়লেন।

"¿Puede entrar ahora el jefe de oficina?" quiso saber.

"প্রধান কেরানি কি এখন আসতে পারেন?" সে জানতে চাইল।

"No, no puede", respondió Gregor a la pregunta de su padre.
"না, সে পারবে না," গ্রেগর তার বাবার প্রশ্নের উত্তর দিল।

Un silencio incómodo cayó en la habitación de la izquierda.
বাম দিকের ঘরে একটা অদ্ভুত নীরবতা নেমে এলো।

En la habitación de la derecha la hermana comenzó a sollozar.
ডান দিকের ঘরে বোন কাঁদতে শুরু করল।

¿Por qué la hermana no se había ido a estar con los demás?
বোন কেন অন্যদের সাথে থাকতে যায়নি?

Probablemente acababa de levantarse de la cama, pensó.
সে সম্ভবত বিছানা থেকে উঠে এসেছে, সে ভাবল।

Es posible que ni siquiera haya empezado a vestirse todavía.
সে হয়তো এখনও পোশাক পরা শুরু করেনি।

Pero Gregor no podía entender por qué ella lloraba.
কিন্তু গ্রেগর বুঝতে পারল না কেন সে কাঁদছে।

¿Fue porque no se levantó y dejó entrar al gerente?
এটা কি এই কারণে যে সে উঠে ম্যানেজারকে ভেতরে যেতে দেয়নি?

¿Fue porque estaba en peligro de perder su trabajo?
এটা কি তার চাকরি হারানোর ঝুঁকির কারণে হয়েছিল?

¿Podría el jefe venir a buscar a los padres como antes?
বস কি আগের মতো বাবা-মায়ের পিছনে আসতে পারেন?

¿Iba a volver a hacerles las mismas exigencias de siempre?
তিনি কি আবার তাদের কাছে সেই পুরনো দাবিগুলোই করতে যাচ্ছিলেন?

Estas cosas probablemente no hacían que hubiera que preocuparse.
এই বিষয়গুলো নিয়ে সম্ভবত চিন্তিত হওয়ার দরকার ছিল না।

Por el momento no tenía motivos para llorar.
আপাতত তার কান্নার কোন কারণ ছিল না।

Gregor todavía estaba allí, manteniendo a la familia.
গ্রেগর তখনও এখানেই ছিলেন, পরিবারের ভরণপোষণ করছিলেন।

Y nunca tuvo intención de abandonar a la familia.

আর পরিবার ছেড়ে যাওয়ার কোনও ইচ্ছা তার কখনও ছিল না।

Por el momento, simplemente permaneció tendido sobre la alfombra.
আপাতত সে কেবল কার্পেটের উপর শুয়ে রইল।

La familia desconocía la condición en la que se encontraba.
পরিবার জানত না যে সে কী অবস্থায় আছে।

Si lo hubieran sabido no habrían animado a su jefe.
যদি তারা জানত তাহলে তারা তার বসকে উৎসাহিত করত না।

Ni siquiera habrían dejado entrar al gerente a la casa.
তারা ম্যানেজারকেও ঘরে ঢুকতে দিত না।

No habría sido particularmente grosero rechazarlo.
তাকে ফিরিয়ে দেওয়াটা খুব একটা অভদ্র হতো না।

Fácilmente podría haber encontrado una excusa adecuada más tarde.
পরে সে সহজেই একটা উপযুক্ত অজুহাত খুঁজে পেতে পারত।

No era algo por lo que lo hubieran podido despedir.
এটা এমন কিছু ছিল না যার জন্য তাকে বরখাস্ত করা যেত।

Gregor pensó que ahora sería más sensato que lo dejaran solo.
গ্রেগরের মনে হলো এখন একা থাকাটাই বেশি বুদ্ধিমানের কাজ হবে।

Molestarlo con llantos y conversaciones no sirvió de mucho.
কান্নাকাটি এবং কথা বলে তাকে বিরক্ত করে খুব একটা লাভ হয়নি।

Pero fue la incertidumbre lo que molestó a los demás.
কিন্তু অনিশ্চয়তাই অন্যদের বিরক্ত করছিল।

Y fue esta incertidumbre la que justificó su comportamiento.
আর এই অনিশ্চয়তাই তাদের আচরণকে অজুহাত হিসেবে রেখেছিল।

—¡Señor Samsa! —gritó el gerente en voz alta.
"মিঃ সামসা," ম্যানেজার উঁচু স্বরে ডাকলেন।

"¿Qué te pasa?" quiso saber.
"তোমার কি হচ্ছে?" সে জানতে চাইল।

"Te has atrincherado en tu habitación."
"তুমি তোমার ঘরে নিজেকে আটকে রেখেছো।"

"Solo puedes responder con un 'sí' o un 'no'."

"তুমি কেবল 'হ্যাঁ' অথবা 'না' দিয়ে উত্তর দাও।"

"Estás causando serias preocupaciones a tus padres."

"তুমি তোমার বাবা-মাকে খুব চিন্তিত করে তুলছো।"

"No veo ninguna buena razón para preocuparlos".

"তুমি কেন তাদের চিন্তিত করবে তার কোন যুক্তিসঙ্গত কারণ আমি দেখতে পাচ্ছি না।"

"Hay otra cosa más que mencionaré de paso."

"আমি আরেকটি বিষয় উল্লেখ করব।"

"También estás descuidando tus obligaciones comerciales hacia nosotros".

"আপনি আমাদের প্রতি আপনার ব্যবসায়িক কর্তব্যও অবহেলা করছেন।"

"Esa irresponsabilidad está totalmente fuera de tu carácter".

"এত দায়িত্বজ্ঞানহীনতা তোমার চরিত্রের বাইরে।"

"Hablo aquí en nombre de tus padres y de tu jefe".

"আমি এখানে তোমার বাবা-মা এবং তোমার বসের পক্ষে বলছি।"

"Y os pido una explicación inmediata y clara."

"এবং আমি আপনার কাছে একটি তাৎক্ষণিক এবং স্পষ্ট ব্যাখ্যা চাইছি।"

"Todo esto realmente me sorprende, debo decir".

"এই পুরো ব্যাপারটা সত্যিই আমাকে অবাক করে, আমি অবশ্যই বলব।"

"Pensé que te conocía como una persona tranquila y razonable."

"আমি ভেবেছিলাম তোমাকে আমি একজন শান্ত এবং যুক্তিসঙ্গত ব্যক্তি হিসেবে চিনি।"

"Pero ahora nos estás mostrando un lado diferente de ti".

"কিন্তু এখন তুমি আমাদের তোমার ভিন্ন একটা দিক দেখাচ্ছো।"

"De repente estás mostrando tus caprichos tan peculiares."

"হঠাৎ তুমি তোমার অদ্ভুত ইচ্ছাগুলো দেখাচ্ছো।"

"Pero podría haber una explicación para tu fracaso".

"কিন্তু তোমার ব্যর্থতার একটা ব্যাখ্যা থাকতে পারে।"

"El jefe mencionó una deuda que usted había cobrado para nosotros."

"বস আমাদের জন্য তুমি যে ঋণ আদায় করেছ তার কথা উল্লেখ করেছেন।"

"Le di al jefe mi palabra de honor en tu nombre".
"আমি তোমার পক্ষ থেকে বসকে আমার সম্মানের কথা জানিয়েছি।"

"Pero ahora veo tu incomprensible terquedad."
"কিন্তু এখন আমি তোমার অবোধ্য জেদ দেখতে পাচ্ছি।"

"Aún podría perder todo mi deseo de ayudarte."
"আমি হয়তো এখনও তোমাকে সাহায্য করার ইচ্ছা হারিয়ে ফেলবো।"

"Su seguridad laboral no es en absoluto totalmente estable".
"আপনার চাকরির নিরাপত্তা কোনওভাবেই সম্পূর্ণ স্থিতিশীল নয়।"

"Originalmente tenía la intención de contarte todo esto en privado".
"আমি প্রথমে তোমাকে এই সব একান্তে বলতে চেয়েছিলাম।"

"Pero ahora veo que quieres que pierda mi tiempo aquí".
"কিন্তু এখন আমি বুঝতে পারছি তুমি চাও আমি এখানে আমার সময় নষ্ট করি।"

"Así que no veo ninguna razón por la que tus padres no deberían saberlo."
"তাহলে তোমার বাবা-মায়ের কেন না জানা উচিত, তার কোনও কারণ আমি দেখতে পাচ্ছি না।"

"Su desempeño reciente no ha sido satisfactorio."
"তোমার সাম্প্রতিক পারফর্মেন্স সন্তোষজনক নয়।"

"Reconozco que las ventas son más lentas en esta época del año".
"আমি স্বীকার করছি যে বছরের এই সময় বিক্রি কম থাকে।"

"Pero no hay época del año en que no haya ventas".
"কিন্তু বছরের এমন কোন সময় নেই যখন বিক্রি বন্ধ থাকে।"

Por un momento Gregor olvidó todo lo que le rodeaba.
এক মুহূর্তের জন্য গ্রেগর তার চারপাশের সবকিছু ভুলে যায়।

—¡Pero señor Prokurist! —gritó Gregor desesperado.
"কিন্তু মিঃ প্রোকুরিস্ট," হতাশায় গ্রেগর চিৎকার করে উঠল।

"Abriré la puerta enseguida, ahora mismo, no te preocupes."

"আমি এখনই দরজা খুলছি, চিন্তা করো না।"

"El problema es que me he estado sintiendo bastante mal."
"সমস্যা হল আমি বেশ অসুস্থ বোধ করছি।"

"Mi mareo me impidió llegar a la puerta."
"আমার মাথা ঘোরার কারণে আমি দরজার কাছে যেতে পারিনি।"

"Todavía estoy en cama, pero me siento mucho mejor."
"আমি এখনও বিছানায় শুয়ে আছি, কিন্তু আমার অনেক ভালো লাগছে।"

"Un momento por favor, me estoy levantando de la cama."
"এক মিনিট, দয়া করে, আমি বিছানা থেকে নামছি।"

"Un momento de paciencia es todo lo que pido, señor
Prokurist."
"আমি শুধু এক মুহূর্ত ধৈর্য চাই, মিঃ প্রোকুরিস্ট।"

"No va tan bien como pensaba, pero estaré bien".
"এটা যতটা ভেবেছিলাম ততটা ভালো যাচ্ছে না, কিন্তু আমি ঠিক থাকব।"

"¿Cómo puede sucederle algo así a una persona tan
rápidamente?"
"একজন মানুষের সাথে এত তাড়াতাড়ি এমন ঘটনা কীভাবে ঘটতে পারে?"

"Me sentí bien anoche, mis padres lo saben."
"গত রাতে আমার ভালো লাগছিল, আমার বাবা-মা সেটা জানেন।"

"Pero quizá ya tuve una pequeña premonición entonces."
"কিন্তু হয়তো তখন আমার একটু পূর্বাভাস ছিল।"

"Quizás te preguntes por qué no lo reporté en la oficina".
"আপনি হয়তো জিজ্ঞাসা করতে পারেন কেন আমি অফিসে রিপোর্ট
করিনি।"

"Pensé que me sentiría mucho mejor por la mañana".
"আমি ভেবেছিলাম সকালে আবার অনেক ভালো বোধ করব।"

"Uno siempre piensa que para entonces ya habrá superado la
enfermedad."
"কেউ সবসময় ভাবে যে ততক্ষণে তারা অসুস্থতাকে জয় করে ফেলবে।"

"¡Pero por favor! ¡Libera a mis padres de estas acusaciones!"
"কিন্তু দয়া করে! আমার বাবা-মাকে এই অভিযোগ থেকে রেহাই দিন!"

"No me han dicho ni una palabra de lo que me contaste."

"তুমি যা বলেছো, সে সম্পর্কে আমাকে একটা কথাও বলা হয়নি।"

"Puede que no hayas leído las últimas órdenes que envié".
"তুমি হয়তো আমার পাঠানো শেষ অর্ডারগুলো পড়োনি।"

"Por cierto, no tienes que preocuparte por mí hoy."
"যাইহোক, আজ তোমাকে আমার জন্য চিন্তা করতে হবে না।"

"Aun así voy a tomar el tren de las ocho."
"আমি এখনও আটটার ট্রেন ধরব।"

"Las pocas horas de descanso me han fortalecido bastante".
"কয়েক ঘন্টার বিশ্রাম আমাকে যথেষ্ট শক্তিশালী করেছে।"

"Realmente no hay necesidad de esperar, gerente."
"আপনার অপেক্ষা করার আসলে কোন দরকার নেই, ম্যানেজার।"

"Yo también estaré en la oficina muy pronto."
"আমিও খুব শীঘ্রই অফিসে আসব।"

"Y por favor, ten la amabilidad de decirme algo bueno".
"আর দয়া করে আমার জন্য একটা ভালো কথা বলবেন।"

Gregor había pronunciado su explicación con bastante precipitación.
গ্রেগর বেশ তাড়াহুড়ো করে তার ব্যাখ্যাটি বলে ফেলেছিল।

Apenas sabía lo que realmente estaba tratando de decir.
সে আসলে কী বলতে চাইছিল তা সে বুঝতে পারছিল না।

Se acercó a la caja y trató de usarla para ponerse de pie.
সে বাক্সটা হাতে নিল, এবং সেটা দিয়ে উঠে দাঁড়ানোর চেষ্টা করল।

Realmente tenía toda la intención de abrir la puerta.
দরজা খোলার ব্যাপারে তার সত্যিই যথেষ্ট ইচ্ছা ছিল।

Quería ser visto por el representante autorizado.
তিনি অনুমোদিত প্রতিনিধির সাথে দেখা করতে চেয়েছিলেন।

Y quería resolver el problema con él personalmente.
এবং তিনি ব্যক্তিগতভাবে তার সাথে সমস্যাটি সমাধান করতে চেয়েছিলেন।

Estaba ansioso por saber cómo reaccionarían los demás ante él.
অন্যরা তার প্রতি কেমন প্রতিক্রিয়া দেখাবে তা জানতে সে আগ্রহী ছিল।

Ya deben estar ansiosos por ver cómo está.

তারাও এখন কেমন আছে তা দেখার জন্য আগ্রহী হবে।

Había dos formas posibles en las que podían reaccionar ante él.

তার প্রতি তাদের প্রতিক্রিয়া জানাতে দুটি সম্ভাব্য উপায় ছিল।

Una posibilidad era que estuvieran asustados.

একটা সম্ভাবনা ছিল যে তারা ভীত হবে।

Si estaban asustados entonces él no tenía ninguna responsabilidad.

যদি তারা ভীত হয়ে পড়ত, তাহলে তার কোনও দায়িত্ব ছিল না।

Y entonces no tendría que preocuparse por la situación.

আর তখন তাকে পরিস্থিতি নিয়ে চিন্তা করতে হবে না।

Pero también había otra posibilidad en la que pensar.

কিন্তু ভাবার আরেকটি সম্ভাবনাও ছিল।

Quizás aceptarían con calma su forma de ser.

হয়তো তারা শান্তভাবে সে যেভাবে ছিল তা মেনে নিত।

Entonces Gregor tampoco tendría motivos para enojarse.

তাহলে গ্রেগরেরও মন খারাপ করার কোন কারণ থাকবে না।

Todavía habría tiempo suficiente para coger el tren.

ট্রেন পেতে এখনও যথেষ্ট সময় আছে।

Sin embargo, mantenerse en pie no fue una tarea fácil.

তবে, সোজা হয়ে দাঁড়ানো মোটেও সহজ কাজ ছিল না।

En sus primeros intentos se resbaló de la caja.

প্রথম কয়েকবার চেষ্টাতেই সে বাক্স থেকে পড়ে যায়।

La caja era demasiado lisa para que él pudiera apoyarse contra ella.

বাক্সটি এতটাই মসৃণ ছিল যে তার পক্ষে এর বিরুদ্ধে দাঁড়ানো সম্ভব ছিল না।

Y finalmente se dio un último empujón para ponerse de pie.

এবং অবশেষে সে নিজেকে উঠে দাঁড়ানোর জন্য শেষ ধাক্কা দিল।

Ya no le prestó más atención al dolor en su abdomen.

সে তার পেটের ব্যথার দিকে আর মনোযোগ দিল না।

No importaba cuánto dolor sintiera, él lo superaría.
যতই যন্ত্রণা হোক না কেন, সে তা কাটিয়ে উঠবে।

Se dejó caer contra el respaldo de una silla cercana.
সে নিজেকে কাছের একটি চেয়ারের পিছনে পড়ে যেতে দিল।

Y se agarró a los bordes con sus pequeñas piernas.
আর সে তার ছোট ছোট পা দিয়ে কিনারা ধরে রাখল।

En ese momento ya tenía más control de sí mismo.
এই মুহূর্তে সে নিজের উপর আরও নিয়ন্ত্রণ অর্জন করতে পেরেছিল।

Y su caída fue más silenciosa que la anterior.
আর তার পতন আগেরটির চেয়ে বেশি নীরব ছিল।

Porque tenía que escuchar lo que decía el gerente.
কারণ তাকে ম্যানেজারের কথা শুনতে হত।

¿Entendieron algo de eso?, preguntó a los padres.
"তুমি কি এর কিছু বুঝতে পেরেছো?" সে বাবা-মাকে জিজ্ঞাসা করল।

"No se burlaría de nosotros, ¿verdad?"
"সে আমাদের বোকা বানাবে না, তাই না?"

—¡Por Dios! —gritó la madre, ya llorando.
"ঈশ্বরের দোহাই," মা ডাকলেন, ইতিমধ্যেই কাঁদছিলেন।

**"Puede que esté gravemente enfermo y lo estamos
atormentando".**
"সে হয়তো গুরুতর অসুস্থ এবং আমরা তাকে যন্ত্রণা দিচ্ছি।"

"¡Grete! ¡Grete!", le gritó a la hija.
"গ্রেট! গ্রেট!" সে চিৎকার করে মেয়েকে বলল।

"¿Mamá?" llamó la hermana desde el otro lado.
"মা?" ওপাশ থেকে বোন ডাকল।

Luego se comunicaron a través de la habitación de Gregor.
তারপর তারা গ্রেগরের ঘরের মাধ্যমে যোগাযোগ করল।

Gregor está muy enfermo y necesita medicamentos.
"গ্রেগর খুব অসুস্থ এবং তার ওষুধ খাওয়ানো দরকার।"

"Tendrás que ir al médico inmediatamente."
"তোমাকে এক্ষুনি ডাক্তারের কাছে যেতে হবে।"

¿Escuchaste cómo habló Gregor hace un momento?

"তুমি কি গ্রেগর এখন যেভাবে কথা বলছে তা শুনতে পাচ্ছ?"

"Esa era la voz de un animal", dijo el gerente.

"ওটা একটা পশুর কণ্ঠস্বর ছিল," ম্যানেজার বললেন।

Sus palabras eran silenciosas comparadas con los gritos de la madre.

মায়ের চিৎকারের তুলনায় তার কথাগুলো ছিল নীরব।

—¡Anna! ¡Anna! —llamó el padre desde la antesala.

"আন্না! আন্না!" বাবা সামনের কক্ষ দিয়ে ডাকলেন।

Y aplaudió para llamar su atención.

আর সে তাদের দৃষ্টি আকর্ষণ করার জন্য হাততালি দিল।

"¡Llama a un cerrajero inmediatamente!" le ordenó a la criada.

"তাড়াতাড়ি একজন তালা মিস্ত্রী নিয়ো!" সে দাসীকে আদেশ দিল।

Las muchachas, con sus faldas, corrían por la antesala.

মেয়েরা, তাদের স্কার্ট পরে, সামনের ঘরের মধ্য দিয়ে দৌড়ে গেল।

Y sus faldas crujieron mientras corrían frente a su habitación.

আর তার ঘরের পাশ দিয়ে দৌড়ানোর সময় তাদের স্কার্টগুলো খসখসে হয়ে উঠল।

"¿Cómo se vistió la hermana tan rápido?" pensó.

"বোন এত তাড়াতাড়ি পোশাক পরল কিভাবে?" সে ভাবল।

La puerta se abrió de golpe, pero no se cerró de golpe.

দরজাটি ছিঁড়ে খোলা ছিল, কিন্তু জোরে বন্ধ করা হয়নি।

Esto es común en los hogares donde ocurre una gran desgracia.

যেসব বাড়িতে বড় ধরনের দুর্ভাগ্য ঘটে, সেখানে এটি সাধারণ।

Pero todo esto había hecho que Gregor se volviera mucho más tranquilo.

কিন্তু এই সবকিছুর ফলে গ্রেগর অনেক শান্ত হয়ে গিয়েছিল।

Cuando escuchó sus propias palabras le parecieron claras.

যখন সে তার নিজের কথাগুলো শুনল, তখন তার কাছে সেগুলো স্পষ্ট মনে হল।

De hecho, sintió que sus palabras habían sido más claras.
আসলে, তিনি অনুভব করেছিলেন যে তার কথাগুলি আসলে আরও স্পষ্ট হয়ে উঠেছে।

Pero los demás ya no entendían lo que decía.
কিন্তু অন্যরা আর বুঝতে পারল না সে কী বলছিল।

Quizás ya se había acostumbrado a sus oídos.
হয়তো এতক্ষণে সে তার কানের সাথে অভ্যস্ত হয়ে গেছে।

Pero al menos ahora entendían mejor su situación.
কিন্তু অন্তত তারা এখন তার পরিস্থিতি আরও ভালোভাবে বুঝতে পেরেছে।

Se dieron cuenta de que realmente había algo mal con él.
তারা বুঝতে পারল যে তার সাথে সত্যিই কিছু একটা সমস্যা আছে।

Y ahora estaban haciendo todo lo que podían para ayudarlo.
আর তারা এখন তাকে সাহায্য করার জন্য যথাসাধ্য চেষ্টা করছিল।

Esto le dio a Gregor una sensación de confianza que le faltaba.
এতে গ্রেগরের মনে একটা আত্মবিশ্বাসের অনুভূতি জাগলো যার অভাব তার ছিল।

Y se sintió nuevamente mucho más seguro en la familia.
এবং সে পরিবারে আবার অনেক বেশি নিরাপদ বোধ করল।

Se sintió incluido nuevamente en el círculo humano.
তিনি অনুভব করলেন যে তিনি আবার মানব বৃত্তে অন্তর্ভুক্ত হয়েছেন।

Ahora tenía que esperar que el cerrajero pudiera abrir la puerta.
এখন তাকে আশা করতে হলো যে তালা মিস্ত্রি দরজা খুলতে পারবে।

Y esperaba que el médico pudiera realizar tales tareas.
এবং তিনি আশা করেছিলেন যে ডাক্তার এই ধরনের কাজগুলি সম্পাদন করতে পারবেন।

Pronto tendría que hablar más.
শীঘ্রই তাকে আবার আরও কথা বলতে হবে।

Su voz tendría que ser lo más clara posible.
তার কণ্ঠস্বর যতটা সম্ভব স্পষ্ট হতে হবে।

Para prepararse para la reunión se aclaró la garganta.

সভার প্রস্তুতি নিতে সে গলা পরিষ্কার করল।

Sin embargo, hizo todo lo posible para toser muy silenciosamente.

তবে, সে খুব আস্তে আস্তে কাশি দেওয়ার জন্য যথাসাধ্য চেষ্টা করেছিল।

El ruido podría haber sonado diferente a una tos humana.

হয়তো মানুষের কাশির শব্দের চেয়ে আলাদা শোনাচ্ছিল।

Sabía que ya no podía diferenciar esas cosas.

সে জানত যে সে আর এই ধরণের জিনিসের পার্থক্য করতে পারবে না।

En la habitación contigua reinaba un silencio absoluto.

পাশের ঘরে একেবারে নীরবতা নেমে এলো।

Los padres probablemente estaban sentados a la mesa.

বাবা-মা সম্ভবত টেবিলে বসে ছিলেন।

Quizás estaban susurrando con el gerente.

তারা হয়তো ম্যানেজারের সাথে ফিসফিস করে কথা বলছিল।

Quizás todos estaban apoyados en la puerta y escuchando.

হয়তো সবাই দরজায় হেলান দিয়ে শুনছিল।

Gregor empujó lentamente la silla hacia la puerta.

গ্রেগর আস্তে আস্তে চেয়ারটা দরজার দিকে ঠেলে দিল।

Empujó la puerta y se mantuvo en pie.

সে দরজার সাথে ধাক্কা মেরে নিজেকে সোজা করে রাখল।

Se enteró de que las almohadillas de sus pies tenían un poco de pegamento.

সে জানতে পারল যে তার পায়ের পাতায় একটু আঠা লেগে আছে।

Y descansó allí un momento del esfuerzo.

এবং পরিশ্রমের পর তিনি সেখানে এক মুহূর্ত বিশ্রাম নিলেন।

Después de descansar lo suficiente, comenzó con la siguiente tarea.

যথেষ্ট বিশ্রাম নেওয়ার পর, সে পরবর্তী কাজ শুরু করল।

Empezó a girar la llave en la cerradura con la boca.

সে মুখ দিয়ে তালার চাবি ঘুরাতে শুরু করল।

Desafortunadamente, parecía que no tenía dientes reales.

দুর্ভাগ্যবশত, মনে হচ্ছিল তার কোন আসল দাঁত নেই।

¿Pero qué otra forma tenía de conseguir las llaves?
কিন্তু চাবিগুলো কেড়ে নেওয়ার আর কী উপায় ছিল তার?

Afortunadamente para él, sus mandíbulas eran, por supuesto, muy fuertes.
সৌভাগ্যবশত তার চোয়াল অবশ্যই খুব শক্তিশালী ছিল।

Con la ayuda de sus mandíbulas realmente consiguió mover la llave.
তার চোয়ালের সাহায্যে সে সত্যিই চাবিটি নড়াচড়া করতে সক্ষম হয়েছিল।

No tenía ninguna duda de que él también se estaba haciendo daño.
তার কোন সন্দেহ ছিল না যে সে নিজেরও ক্ষতি করছে।

Porque de su boca salía un líquido marrón.
কারণ তার মুখ থেকে বাদামী রঙের তরল বের হচ্ছিল।

El líquido marrón fluyó sobre la llave y por la puerta.
বাদামী তরলটি চাবির উপর দিয়ে দরজার নিচে প্রবাহিত হচ্ছিল।

Pero a Gregorio no le importaba hacerse daño a sí mismo.
কিন্তু গ্রেগর নিজের ক্ষতি করছে কিনা তা পরোয়া করেনি।

"¿Puedes oír eso?" dijo el gerente en la habitación de al lado.
"তুমি কি শুনতে পাচ্ছ?" পাশের ঘরের ম্যানেজার বললেন।

"Está girando la llave", había notado el gerente.
"সে চাবি ঘুরাচ্ছে," ম্যানেজার লক্ষ্য করেছিলেন।

Estas palabras fueron un gran estímulo para Gregor.
এই কথাগুলো গ্রেগরের জন্য এক বিরাট উৎসাহ ছিল।

Pero el padre y la madre también deberían haber gritado:
কিন্তু বাবা এবং মায়েরও উচিত ছিল চিৎকার করে বলা:

«¡Bien, Gregor!», deberían haberle gritado.
"ভালো, গ্রেগর," তাদের তাকে চিৎকার করে বলা উচিত ছিল।

"Sigue adelante, sigue girando esa llave, puedes lograrlo".
"চালিয়ে যাও, চাবিটা ঘুরিয়ে রাখো, তুমি এটা করতে পারবে।"

Pero Gregor tuvo que imaginarse su emoción.
কিন্তু পরিবর্তে গ্রেগরকে তাদের উত্তেজনা কল্পনা করতে হয়েছিল।

Apretó las mandíbulas con toda la fuerza que tenía.

সে তার সমস্ত শক্তি দিয়ে তার চোয়াল মুঠো করে ধরল।

Y continuó girando la llave en la cerradura.
আর সে তালার চাবিটা ঘুরাতে থাকল।

Dolorosamente su cuerpo se retorció en un círculo.
যন্ত্রণাদায়কভাবে তার শরীরটা একটা বৃত্তের মতো ঘুরপাক খাচ্ছিল।

Ahora se mantenía erguido únicamente con la boca.
সে এখন কেবল মুখ দিয়ে নিজেকে সোজা করে ধরে রেখেছে।

Para seguir girando la llave presionó contra la puerta.
চাবিটা ঘুরিয়ে ঘুরিয়ে ঘুরিয়ে দরজায় চেপে ধরল সে।

Finalmente el chasquido de la cerradura despertó de nuevo a Gregor.
অবশেষে তালা ভাঙার শব্দে গ্রেগর আবার জেগে উঠল।

"Así que no necesité al cerrajero", suspiró aliviado.
"তাহলে আমার তালা মিস্ত্রির দরকার ছিল না," সে স্বস্তির নিঃশ্বাস ফেলল।

Ahora sólo faltaba abrir la puerta que había desbloqueado.
এখন তাকে কেবল সেই দরজাটি খুলতে হবে যা সে খুলে রেখেছিল।

Y con la cabeza en el pomo abrió la puerta.
আর হাতলের উপর মাথা রেখে সে দরজা খুলল।

Estaba detrás de la puerta que daba a su habitación.
সে দরজার পিছনে ছিল, যা তার ঘরে খোলা ছিল।

Así que la puerta ya estaba abierta antes de que pudiera ser visto.
তাই তাকে দেখা যাওয়ার আগেই দরজা খুলে গিয়েছিল।

A continuación tuvo que maniobrar para rodear la puerta.
এরপর তাকে দরজার চারপাশে নিজেকে কৌশলে ঘুরতে হয়েছিল।

Este difícil movimiento también requirió mucho esfuerzo.
এই কঠিন আন্দোলনের জন্যও অনেক পরিশ্রম করতে হয়েছিল।

No quería caer torpemente en la habitación contigua.
সে পাশের ঘরে এলোমেলোভাবে পড়তে চাইছিল না।

Así que no tuvo tiempo de prestar atención a nada más.
তাই অন্য কোনও কিছুতে মনোযোগ দেওয়ার সময় তার ছিল না।

Pero entonces oyó al jefe de oficina exclamar en voz alta: "¡Oh!".

কিন্তু তারপর সে প্রধান কেরানিকে জোরে "ওহ!" বলতে শুনতে পেল।

Sonaba como si el viento corriera a través de la casa.

মনে হচ্ছিল যেন ঘরের উপর দিয়ে বাতাস বইছে।

Resultó que él era el que estaba más cerca de la puerta.

ঘটনাক্রমে সে দরজার সবচেয়ে কাছের লোক ছিল।

Y al verlo, se llevó la mano a la boca.

আর এখন, তাকে দেখে, সে তার মুখের কাছে হাত চেপে ধরল।

Se movió lentamente hacia atrás, alejándose de Gregor.

সে ধীরে ধীরে নিজেকে পিছনের দিকে সরিয়ে নিল, গ্রেগরের কাছ থেকে দূরে।

Pero era como si una fuerza invisible actuara sobre él.

কিন্তু মনে হচ্ছিল যেন কোন অদৃশ্য শক্তি তার উপর কাজ করছে।

Lo primero que hizo la madre fue mirar al padre.

মা প্রথমেই বাবার দিকে তাকালেন।

A pesar de la presencia del gerente, su cabello estaba despeinado.

ম্যানেজারের উপস্থিতি সত্ত্বেও, তার চুল এলোমেলো ছিল।

Desplegó los brazos y dio dos pasos hacia adelante.

সে তার বাহুগুলো খুলে দুই পা এগিয়ে গেল।

Pero entonces se desplomó en medio de su falda.

কিন্তু তারপর সে তার স্কার্টের মাঝখানে পড়ে গেল।

Su vestido se extendió a su alrededor en el suelo.

তার পোশাকটি মেঝেতে তার চারপাশে ছড়িয়ে পড়ে।

Y su cabeza desapareció sobre sus propios pechos.

আর তার মাথাটা তার নিজের স্তনের উপর অদৃশ্য হয়ে গেল।

El padre apretó el puño con expresión hostil.

বাবা বিদ্বেষপূর্ণ ভঙ্গিতে তার মুষ্টি মুঠো করলেন।

Parecía querer que Gregor fuera empujado de nuevo a su habitación.

সে যেন গ্রেগরকে তার ঘরে ঠেলে দিতে চাইছিল।

Luego miró con incertidumbre alrededor de la sala de estar.

তারপর সে অনিশ্চিতভাবে বসার ঘরের চারপাশে তাকাল।

Y finalmente se cubrió los ojos entre las manos.

এবং অবশেষে সে তার চোখ দুটি দুই হাতের মধ্যে ঢেকে ফেলল।

Y lloró amargamente hasta que su poderoso pecho se estremeció.

আর সে অঝোরে কাঁদতে লাগলো যতক্ষণ না তার বুক কাঁপতে লাগলো।

Gregor en realidad no entró en su habitación.

গ্রেগর আসলে তাদের ঘরে মোটেও যায়নি।

En lugar de eso, se apoyó contra el marco de la puerta.

বরং সে দরজার ফ্রেমের সাথে হেলান দিয়ে বসল।

Para los que estaban desde fuera solo era visible la mitad de su cuerpo.

বাইরের লোকদের কাছে তার শরীরের অর্ধেকই দৃশ্যমান ছিল।

Y encima de su cuerpo estaba su cabeza, inclinada hacia un lado.

আর তার শরীরের উপরে ছিল তার মাথা, পাশে হেলে থাকা।

Para entonces la luz se había vuelto mucho más brillante que antes.

এতক্ষণে আলো আগের চেয়ে অনেক উজ্জ্বল হয়ে উঠেছে।

Ahora se podía ver claramente el otro lado de la calle.

এখন রাস্তার অন্য পাশ স্পষ্ট দেখা যাচ্ছিল।

Apareció una sección del interminable y gris hospital.

অন্তহীন, ধূসর হাসপাতালের একটি অংশ নিজেকে উন্মোচিত করল।

La lluvia de la mañana aún no había parado del todo de caer.

সকালের বৃষ্টি তখনও পুরোপুরি থামেনি।

Pero ahora las gotas de lluvia eran más grandes y estaban más separadas.

কিন্তু এখন বৃষ্টির ফোঁটাগুলো আরও বড় এবং আরও দূরে।

Los platos del desayuno estaban en abundancia en la mesa.

নাস্তার খাবারগুলো টেবিলে প্রচুর পরিমাণে ছিল।

El padre pensaba que el desayuno era la comida más importante.

বাবা সকালের নাস্তাকে সবচেয়ে গুরুত্বপূর্ণ খাবার মনে করতেন।

El desayuno era una comida que se prolongaba durante horas.
সকালের নাস্তা এমন একটা খাবার যা সে ঘণ্টার পর ঘণ্টা ধরে খেত।

Y en esas horas leía los distintos periódicos.
আর এই সময়গুলোতে সে বিভিন্ন সংবাদপত্র পড়ত।

Justo en la pared opuesta colgaba una fotografía de Gregor.
ঠিক বিপরীত দেয়ালে গ্রেগরের একটি ছবি ঝুলছে।

La fotografía en la pared lo mostraba como teniente.
দেয়ালের ছবিতে তাকে একজন লেফটেন্যান্ট হিসেবে দেখানো হয়েছে।

Era una fotografía de su época en el ejército.
এটি ছিল তার সামরিক বাহিনীতে কাটানো সময়ের একটি ছবি।

Su mano estaba sobre su espada y tenía una sonrisa despreocupada.
তার হাত তার তরবারির উপর ছিল, এবং তার মুখে একটা নির্লিপ্ত হাসি ছিল।

Su postura y su uniforme exigían cierto respeto.
তার ভঙ্গি এবং তার পোশাকের জন্য এক ধরণের সম্মানের প্রয়োজন ছিল।

La otra puerta que conducía a la antesala también estaba abierta.
অন্য দরজাটি যেটি সামনের কক্ষে নিয়ে গিয়েছিল তাও খোলা ছিল।

Y la puerta del apartamento todavía estaba abierta también.
আর অ্যাপার্টমেন্টের দরজাটাও তখনও খোলা ছিল।

Se podía ver hasta el patio delantero del apartamento.
অ্যাপার্টমেন্টের সামনের উঠোন পর্যন্ত পুরোটা দেখা যেত।

Y luego las escaleras conducían a la calle de abajo.
আর তারপর সিঁড়িগুলো নিচের রাস্তায় নেমে গেল।

Gregor fue el único que mantuvo la compostura.
গ্রেগরই একমাত্র ব্যক্তি যে তার মন শান্ত রেখেছিল।

Él vio esto, por lo que la conversación era su responsabilidad.
তিনি এটা দেখেছিলেন, তাই কথোপকথনের দায়িত্ব ছিল তার।

"Bueno, ahora me voy a vestir para ir a trabajar", dijo.
"আচ্ছা, আমি এখন কাজের জন্য পোশাক পরবো," সে বলল।

"Después de haber empaquetado las muestras textiles, me iré."
"টেক্সটাইলের নমুনাগুলো প্যাক করার পর আমি চলে যাব।"

"¿Aún tiene intención de dispararme, señor Prokurist?"
"আপনি কি এখনও আমাকে গুলি করে মারার ইচ্ছা পোষণ করেন, মিঃ প্রোকুরিস্ট?"

"Como puedes ver, no soy tan terco como pensabas."
"তুমি দেখতেই পাচ্ছো আমি অতটা জেদী নই যতটা তুমি ভেবেছিলে।"

"Y puedes ver que después de todo me gusta trabajar".
"আর তুমি দেখতেই পারছো যে আমি কাজ করতে ভালোবাসি।"

"Puedo admitir que viajar por trabajo no es fácil".
"আমি স্বীকার করতে পারি যে কাজের জন্য ভ্রমণ করা সহজ নয়।"

"Pero también puedo aceptar que es parte de mi trabajo".
"কিন্তু আমি এটাও মেনে নিতে পারি যে এটা আমার কাজের অংশ।"

"Gerente, ¿adónde va? ¿De vuelta a la oficina?"
"ম্যানেজার, আপনি কোথায় যাচ্ছেন? অফিসে ফিরে?"

"¿Informarás verazmente de todo lo que has visto?"
"তুমি কি সত্যি করে যা দেখেছো সব বলবে?"

"A veces sucede que uno no puede ir a trabajar."
"কখনও কখনও এমন হয় যে কেউ কাজে যেতে অক্ষম হয়।"

"Este es el momento adecuado para recordar los logros pasados".
"অতীতের অর্জনগুলো স্মরণ করার এটাই সঠিক সময়।"

"Después de eliminar la dificultad, uno trabaja aún mejor."
"কঠিনতা দূর করার পর, কেউ আরও ভালোভাবে কাজ করে।"

"Mi diligencia y concentración aumentarán".
"আমার অধ্যবসায় এবং একাগ্রতা আরও বৃদ্ধি পাবে।"

"Sabes muy bien que estoy en deuda con el jefe."
"তুমি খুব ভালো করেই জানো যে আমি বসের কাছে ঋণী।"

"Pero también estoy preocupada por mis padres y mi hermana".

"কিন্তু, আমি আমার বাবা-মা এবং আমার বোনের জন্যও চিন্তিত।"

"Estoy en una situación difícil, pero encontraré la manera de salir de ella".

"আমি একটা কঠিন পরিস্থিতিতে আছি, কিন্তু আমি আমার পথ বের করে আনব।"

"No hagas esto más difícil de lo que ya es."

"এটাকে আগের চেয়ে আরও কঠিন করো না।"

"Como compañeros de trabajo también tenemos que ayudarnos unos a otros".

"সহকর্মী হিসেবে আমাদেরও একে অপরকে সাহায্য করতে হবে।"

"Sé que a los trabajadores de oficina no les gustan los viajeros".

"আমি জানি অফিসের কর্মীরা ভ্রমণকারীদের পছন্দ করে না।"

"¿Crees que ganamos una fortuna y llevamos una buena vida?"

"তুমি কি মনে করো আমরা অনেক টাকা কামাই এবং ভালো জীবনযাপন করি?"

"No tienen ningún motivo real para considerar sus prejuicios".

"তাদের পক্ষপাত বিবেচনা করার কোন বাস্তব কারণ নেই।"

"Pero usted, oficial autorizado, tiene un papel diferente."

"কিন্তু আপনার, অনুমোদিত কর্মকর্তা, আলাদা ভূমিকা আছে।"

"Tienes una mejor visión general que el resto del personal".

"আপনার অন্যান্য কর্মীদের তুলনায় ভালো ধারণা আছে।"

"De hecho, creo que probablemente tengas la mejor visión general".

"আসলে আমার মনে হয় তোমার কাছে সবচেয়ে ভালো ধারণা থাকতে পারে।"

"Tienes una visión mejor que el propio jefe".

"তুমি বসের চেয়েও ভালো ধারণা পাও।"

"Admito que el jefe hace el trabajo empresarial".

"আমি স্বীকার করছি যে বস উদ্যোক্তা কাজ করেন।"

"Pero es fácil que sus juicios sean erróneos."
"কিন্তু তার বিচার-বিশ্লেষণ ভুল হওয়া সহজ।"

"Y estos pequeños errores de juicio pueden ser en nuestro detrimento".
"এবং এই ছোট ছোট ভুল সিদ্ধান্তগুলি আমাদের ক্ষতি করতে পারে।"

"Ya sabes lo fácil que es hablar del viajero."
"তুমি জানো ভ্রমণকারী সম্পর্কে কথা বলা কত সহজ।"

"Él no está allí para defender su reputación de los chismes".
"তিনি গসিপ থেকে তার খ্যাতি রক্ষা করার জন্য সেখানে নেই।"

"Esas acusaciones pueden fácilmente ser meras coincidencias".
"এই অভিযোগগুলি সহজেই কাকতালীয় হতে পারে।"

"Muchas quejas ni siquiera tienen su base en ninguna verdad."
"অনেক অভিযোগের মূলে কোনও সত্যতাও থাকে না।"

"Está fuera de la oficina casi todo el año."
"সে প্রায় সারা বছর ধরে অফিসের বাইরে থাকে।"

¿Qué posibilidades tiene de defender su propia reputación?
"তার নিজের সুনাম রক্ষা করার আর কী সুযোগ আছে?"

"Ni siquiera se entera de las acusaciones".
"তিনি অভিযোগ সম্পর্কে শুনতেও পান না।"

"Se entera de lo que se ha dicho cuando ya es demasiado tarde."
"যখন অনেক দেরি হয়ে যায়, তখন সে কী বলা হয়েছে তা জানতে পারে।"

A estas alturas ya está exhausto por el viaje del día.
"এই পর্যায়ে সে সারাদিনের যাত্রায় ক্লান্ত।"

"De todos modos, tendrá que experimentar las terribles consecuencias".
"যাই হোক তাকে ভয়াবহ পরিণতি ভোগ করতে হবে।"

"Aunque no tiene forma de entender el problema."

"যদিও তার সমস্যাটা বোঝার কোন উপায় নেই।"

"Oh, gerente, no se vaya sin decirme una palabra".
"ওহ ম্যানেজার, আমাকে একটা কথা না বলে চলে যেও না।"

"Al menos dime que estás de acuerdo conmigo en parte."
"অন্তত আমাকে বলো যে তুমি আমার সাথে আংশিকভাবে একমত।"

Pero el manager se había alejado de Gregor mucho antes.
কিন্তু ম্যানেজার অনেক আগেই গ্রেগরের কাছ থেকে মুখ ফিরিয়ে নিয়েছিলেন।

Su hombro se contrajo cuando volvió a mirar a Gregor.
গ্রেগরের দিকে ফিরে তাকালে তার কাঁধ কেঁপে উঠল।

Y no se quedó quieto ni un solo momento durante su discurso.
আর বক্তৃতার সময় তিনি একবারের জন্যও স্থির থাকেননি।

Él había mirado a Gregor con los labios fruncidos.
সে ঠোঁট কুঁচকে গ্রেগরের দিকে ফিরে তাকাচ্ছিল।

Se había ido retirando gradualmente hacia la puerta.
সে ধীরে ধীরে দরজার দিকে পিছু হটছিল।

Pero tampoco podía apartar la mirada de Gregor.
কিন্তু সে গ্রেগরের উপর থেকে চোখও সরাতে পারল না।

Sintió como si hubiera una prohibición secreta de salir de la habitación.
তার মনে হলো ঘর থেকে বের হওয়ার উপর গোপন নিষেধাজ্ঞা আছে।

Pero a estas alturas ya estaba en el vestíbulo de entrada.
কিন্তু এই পর্যায়ে সে ইতিমধ্যেই প্রবেশদ্বারে পৌঁছে গেছে।

Y ahora hizo un movimiento repentino hacia la salida.
আর এখন সে হঠাৎ করেই বেরিয়ে যাওয়ার দিকে এগিয়ে গেল।

Extendió su mano derecha hacia las escaleras.
সে তার ডান হাত সিঁড়ির দিকে বাড়িয়ে দিল।

Quizás una fuerza sobrenatural estaba esperando para salvarlo.
হয়তো কোন অতিপ্রাকৃত শক্তি তাকে বাঁচানোর জন্য অপেক্ষা করছিল।

Gregor sabía que no podía permitir que se fuera así.

গ্রেগর জানত যে সে তাকে এভাবে চলে যেতে দিতে পারে না।

El gerente no debe regresar con el mismo humor en el que estaba.
ম্যানেজারের আগের মেজাজে ফিরে আসা উচিত নয়।

La seguridad del trabajo de Gregor estaba en grave peligro.
গ্রেগরের চাকরির নিরাপত্তা খুবই ঝুঁকির মধ্যে ছিল।

Los padres no podían comprender plenamente todo esto.
বাবা-মা এই সব পুরোপুরি বুঝতে পারেননি।

Con los años se habían acostumbrado a su seguridad laboral.
বছরের পর বছর ধরে তারা তার চাকরির নিরাপত্তার সাথে অভ্যস্ত হয়ে পড়েছিল।

Y se convencieron de que tenía el trabajo de por vida.
এবং তারা নিশ্চিত হয়ে গিয়েছিল যে তার আজীবনের জন্য এই চাকরি আছে।

En lugar de eso, se habían ocupado de otras preocupaciones.
বরং তারা আরও অন্যান্য উদ্বেগ নিয়ে ব্যস্ত হয়ে পড়েছিল।

Pero estas preocupaciones les hicieron perder toda previsión.
কিন্তু এই উদ্বেগগুলি তাদের সমস্ত দূরদর্শিতা হারিয়ে ফেলে।

Gregor, sin embargo, no había perdido la previsión paterna.
তবে গ্রেগর পিতামাতার দূরদর্শিতা হারাননি।

Alguien tenía que detener al representante autorizado.
কাউকে না কাউকে অনুমোদিত প্রতিনিধিকে থামাতে হয়েছিল।

Iba a tener que calmarlo y convencerlo.
তাকে শান্ত করতে হবে, এবং বোঝাতে হবে।

¡El futuro de Gregor y su familia dependía de ello!
গ্রেগর এবং তার পরিবারের ভবিষ্যৎ এর উপর নির্ভর করছিল!

Ojalá la inteligente hermana hubiera estado allí para ayudar.
যদি বুদ্ধিমতী বোনটি এখানে সাহায্য করতে আসতো!

Ella ya había llorado cuando Gregor todavía estaba en su habitación.
গ্রেগর যখন তার ঘরে ছিল, তখন সে ইতিমধ্যেই কেঁদে ফেলেছিল।

En ese momento él simplemente yacía tranquilamente boca arriba.
সেই মুহূর্তে সে চুপচাপ পিঠের উপর শুয়ে ছিল।

Ella ya sabía entonces la importancia de la situación.
সে তখন পরিস্থিতির গুরুত্ব ইতিমধ্যেই বুঝতে পেরেছিল।

El gerente tenía una debilidad bien conocida por las mujeres.
ম্যানেজারের মহিলাদের প্রতি একটা সুপরিচিত দুর্বলতা ছিল।

Ella fácilmente podría haberlo persuadido para que se quedara más tiempo.
সে সহজেই তাকে আরও কিছুক্ষণ থাকার জন্য রাজি করাতে পারত।

Ella habría cerrado la puerta y lo habría guiado adentro.
সে দরজা বন্ধ করে তাকে আবার ভেতরে নিয়ে যেত।

Pero desafortunadamente la hermana había ido a buscar un médico.
কিন্তু দুর্ভাগ্যবশত বোন ডাক্তার দেখাতে গিয়েছিল।

Así que Gregor no tuvo más remedio que hacerlo él mismo.
অতএব, গ্রেগরের নিজের কাজটি করা ছাড়া আর কোন উপায় ছিল না।

No había considerado cuáles eran realmente sus habilidades.
সে আসলে তার ক্ষমতা কী তা ভেবে দেখেনি।

Y se había olvidado de desconfiar de su capacidad de hablar.
আর সে তার কথা বলার ক্ষমতার উপর অবিশ্বাস করতে ভুলে গিয়েছিল।

Pero aún así, abandonó la seguridad de su habitación.
কিন্তু তবুও, সে তার ঘরের নিরাপত্তা বাহিনী ছেড়ে চলে গেল।

Y se abrió paso a través de la abertura de la habitación.
আর সে ঘরের খোলা অংশ দিয়ে নিজেকে ঠেলে ভেতরে ঢুকে গেল।

El gerente ya estaba bajando las escaleras.
ম্যানেজার ইতিমধ্যেই সিঁড়ি দিয়ে নেমে যাচ্ছিলেন।

Pero él se agarraba a la barandilla con ambas manos.
কিন্তু সে দুই হাতে রেলিং ধরে ছিল।

Gregor se cayó mientras intentaba atravesar la puerta.
দরজা ঠেলে ভেতরে ঢুকতে ঢুকতে গ্রেগর পড়ে গেল।

Dejó escapar un pequeño grito mientras trataba de agarrar algo para apoyarse.

সে সাপোর্টের জন্য হাত ধরার সময় একটা ছোট্ট চিৎকার করে উঠল।

Pero en lugar de pánico, sintió un bienestar físico.

কিন্তু আতঙ্কিত হওয়ার পরিবর্তে, তিনি শারীরিক সুস্থতা অনুভব করলেন।

Por primera vez esa mañana algo se sintió bien.

সেই সকালে প্রথমবারের মতো কিছু ঠিক মনে হলো।

Todas sus piernas ahora tenían tierra sólida debajo de ellas.

তার সব পায়ের নিচে এখন শক্ত মাটি ছিল।

Se sorprendió de lo bien que podía controlar sus piernas.

সে অবাক হয়ে গেল যে সে তার পা কতটা ভালোভাবে নিয়ন্ত্রণ করতে পারে।

Se alegró de notar que sus piernas le obedecían completamente.

সে খুশি হলো যখন দেখলো তার পা পুরোপুরি তার কথা মেনে চলছে।

De hecho, sus piernas lo llevaban a donde quería.

আসলে তার পা তাকে যেখানে ইচ্ছা সেখানেই নিয়ে যেত।

Pronto todas sus penas estaban destinadas a llegar a su fin.

শীঘ্রই তার সমস্ত দুঃখের অবসান হতে বাধ্য।

Pero en ese mismo momento su propia madre saltó.

কিন্তু ঠিক সেই মুহূর্তে তার নিজের মা লাফিয়ে উঠলেন।

Sus brazos estaban extendidos y sus dedos separados.

তার বাহু প্রসারিত ছিল, এবং তার আঙ্গুলগুলি ছড়িয়ে ছিল।

Y ella gritó: "¡Socorro! ¡Por el amor de Dios, que alguien ayude!"

আর সে চিৎকার করে বলল, "বাঁচাও, ঈশ্বরের দোহাই, কেউ সাহায্য করো!"

Ella inclinó la cabeza; quería ver mejor a Gregor.

সে মাথা কাত করল; সে গ্রেগরকে আরও ভালোভাবে দেখতে চেয়েছিল।

Pero en contraposición a la primera acción, ella corrió hacia atrás.

কিন্তু প্রথম পদক্ষেপের সংকোচনে, সে পিছনে দৌড়ে গেল।

Se había olvidado que la mesa estaba puesta detrás de ella.

সে ভুলে গিয়েছিল যে টেবিলটি তার পিছনে রাখা আছে।

Todos los elementos para el desayuno todavía estaban en la mesa.

নাস্তার সব জিনিসপত্র তখনও টেবিলেই ছিল।

Se sentó apresuradamente en la mesa, como distraída.

সে তাড়াহুড়ো করে টেবিলের উপর বসল, যেন বিভ্রান্ত।

Y ella no pareció darse cuenta del café derramado.

আর সে ছিটকে পড়া কফিটা লক্ষ্য করেনি বলে মনে হচ্ছে।

El café que ahora estaba empapando la alfombra.

কফিটা এখন কার্পেটে ভিজে যাচ্ছিল।

—Mamá, madre —dijo Gregor suavemente, mirándola.

"মা, মা," গ্রেগর মৃদুস্বরে বলল, তার দিকে তাকিয়ে।

Por el momento el manager no era importante para él.

এই মুহূর্তে ম্যানেজার তার কাছে গুরুত্বপূর্ণ ছিল না।

Pero también estaba el café goteando sobre la alfombra.

কিন্তু কার্পেটে কফির টুকরো

Gregor no pudo resistirse a chasquear las mandíbulas al tomar el café.

গ্রেগর কফির দিকে মুখ তুলে তাকাতে পারল না।

La madre comenzó a llorar nuevamente por su comportamiento.

তার আচরণের কারণে মা আবার কাঁদতে শুরু করলেন।

Ella saltó de la mesa para distanciarse de él.

তার থেকে দূরে থাকার জন্য সে টেবিল থেকে লাফিয়ে পড়ল।

Y ella corrió a los brazos del padre, buscando seguridad.

আর সে নিরাপত্তার জন্য বাবার কোলে ছুটে গেল।

Pero Gregor ya no tenía tiempo que perder con sus padres.

কিন্তু গ্রেগরের কাছে এখন তার বাবা-মায়ের জন্য সময় নেই।

El oficial autorizado ya estaba en las escaleras.

অনুমোদিত কর্মকর্তা ইতিমধ্যেই সিঁড়িতে ছিলেন।

Apoyó la barbilla en la barandilla para mirar dentro de la casa.

সে ঘরের ভেতরে তাকানোর জন্য রেলিংয়ের উপর তার থুতনি রেখেছিল।

Al parecer quería echar un último vistazo al espectáculo.
স্পষ্টতই সে দৃশ্যটি শেষবারের মতো দেখতে চেয়েছিল।

Y Gregor hizo un último esfuerzo para llegar hasta el gerente.
আর গ্রেগর ম্যানেজারের কাছে পৌঁছানোর জন্য শেষ চেষ্টা করল।

Corrió hacia la puerta tan seguro como pudo.
সে যতটা সম্ভব নিরাপদে দরজার দিকে দৌড়ে গেল।

Pero el jefe de oficina debía de sospechar algo.
কিন্তু প্রধান কেরানি নিশ্চয়ই কিছু সন্দেহ করেছিলেন।

Porque saltó varios escalones y desapareció.
কারণ সে বেশ কয়েক সিঁড়ি লাফিয়ে নেমে অদৃশ্য হয়ে গেল।

—¡Huh! —gritó Gregor, resonando en la escalera.
"হুঃ!" সিঁড়ি দিয়ে প্রতিধ্বনিত হয়ে গ্রেগর চিৎকার করে উঠল।

La fuga del gerente también pareció confundir a su padre.
ম্যানেজারের পালানোর ঘটনা তার বাবাকেও বিভ্রান্ত করে তুলেছিল বলে মনে হয়েছিল।

Hasta entonces había conseguido mantener la compostura.
ততক্ষণ পর্যন্ত সে বেশ শান্ত থাকতে পেরেছিল।

Pero desgraciadamente él también perdió la compostura que había tenido.
কিন্তু দুর্ভাগ্যবশত সেও তার আগের মানসিক ভারসাম্য হারিয়ে ফেলে।

Lo que debería haber hecho es ayudar a Gregor en su persecución.
তার যা করা উচিত ছিল তা হল গ্রেগরকে তার সাধনায় সাহায্য করা।

Pero con una mano agarró el bastón del gerente.
কিন্তু, সে এক হাতে ম্যানেজারের হাঁটার লাঠি ধরল।

Y en la otra mano sostenía ahora un periódico.
আর অন্য হাতে এখন তার হাতে একটি খবরের কাগজ।

Y ahora estorbó directamente a Gregor en su persecución.
আর সে এখন সরাসরি গ্রেগরের সাধনায় বাধা হয়ে দাঁড়ালো।

Se había colocado entre Gregor y la calle.

সে নিজেকে গ্রেগর এবং রাস্তার মাঝখানে দাঁড় করিয়েছিল।

Golpeó el suelo con los pies y agitó el palo y el periódico.
সে তার পায়ে স্ট্যাম্প মারল, আর লাঠি আর খবরের কাগজটা নাড়ল।

Y él estaba forzando activamente a Gregor a regresar a su habitación.
আর সে সক্রিয়ভাবে গ্রেগরকে তার ঘরে ফিরিয়ে আনতে জোর করছিল।

Ninguna de las peticiones que Gregor intentó hacer sirvió de algo.
গ্রেগর যত অনুরোধ করার চেষ্টা করেছিল, তার কোনওটিই সাহায্য করেনি।

Porque ninguna de las peticiones que hizo fue entendida.
কারণ তার করা কোনও অনুরোধই বোঝা যায়নি।

Giró la cabeza hacia un ángulo más profundo y humilde.
সে তার মাথা আরও গভীর, আরও বিনয়ী দৃষ্টিকোণের দিকে ঘুরিয়ে নিল।

Pero su padre respondió golpeando el suelo con más fuerza.
কিন্তু তার বাবা আরও জোরে পায়ে টোকা দিয়ে উত্তর দিলেন।

La madre abrió una ventana, a pesar del clima frío.
ঠান্ডা আবহাওয়া সত্ত্বেও মা জানালা খুলে দিলেন।

Y apretó su cara entre sus manos en el frío.
আর ঠান্ডায় সে তার মুখটা হাতে চেপে ধরল।

El viento ahora podría pasar por todo el apartamento.
বাতাস এখন পুরো অ্যাপার্টমেন্ট জুড়ে বয়ে যেতে পারত।

Una fuerte corriente de aire soplaba desde la escalera hacia el callejón.
সিঁড়ি থেকে গলিতে একটা তীব্র বাতাস বইতে লাগল।

Las cortinas se agitaban a causa del fuerte viento.
প্রবল বাতাসে পর্দাগুলো এদিক-ওদিক উড়ে যাচ্ছিল।

Y el periódico sobre la mesa crujió con el viento.
আর টেবিলের উপর রাখা খবরের কাগজটা বাতাসে দুলছিল।

Incluso algunas hojas fueron arrastradas hasta el interior de la casa desde el exterior.
এমনকি কিছু পাতা বাইরে থেকে ঘরে উড়িয়ে দেওয়া হয়েছিল।

El padre pateaba y empujaba sin descanso.
বাবা পায়ে পা ঠেলে অবিরাম ধাক্কা দিলেন।

Y silbaba y hacía ruidos como lo haría un hombre salvaje.
আর সে হিস হিস করে উঠল এবং বন্য মানুষের মতো শব্দ করল।

Pero Gregor aún no había practicado el caminar hacia atrás.
কিন্তু গ্রেগর তখনও উল্টোদিকে হাঁটার অভ্যাস করেননি।

Incluso Gregor admitiría que este movimiento era mucho más lento.
এমনকি গ্রেগরও স্বীকার করতেন যে এই গতিবিধি অনেক ধীর ছিল।

Pero lo único que quería era la oportunidad de cambiar las cosas.
তবে সে শুধু ঘুরে দাঁড়ানোর সুযোগ চেয়েছিল।

Entonces se habría ido directamente a su habitación.
তাহলে সে সরাসরি তার ঘরে চলে যেত।

Pero tenía demasiado miedo de impacientar a su padre.
কিন্তু সে তার বাবাকে অধৈর্য করে তুলতে খুব ভয় পেত।

Y allí estaba la amenaza de un golpe con el palo.
আর লাঠি দিয়ে আঘাতের হুমকিও ছিল।

Un golpe así en la parte posterior de la cabeza podría ser fatal.
মাথার পিছনে এমন আঘাত মারাত্মক হতে পারে।

Pero al final Gregor no tuvo otra opción.
কিন্তু শেষ পর্যন্ত গ্রেগরের আর কোন উপায় ছিল না।

Se dio cuenta de que ni siquiera podía caminar hacia atrás en línea recta.
সে বুঝতে পারল যে সে সোজা হয়ে পিছনের দিকে হাঁটতেও পারছে না।

Empezó a girar tan rápido como pudo.
সে যত দ্রুত সম্ভব ঘুরে দাঁড়াতে শুরু করল।

Pero en realidad este movimiento giratorio era igualmente lento.
কিন্তু বাস্তবে এই বাঁকের গতি ঠিক ততটাই ধীর ছিল।

Y le siguieron las miradas ansiosas del padre.
আর তার পিছু নিল বাবার উদ্বিগ্ন দৃষ্টি।

Quizás el padre notó las buenas intenciones de Gregor.
হয়তো বাবা গ্রেগরের ভালো উদ্দেশ্য লক্ষ্য করেছিলেন।

Porque no le impidió darse la vuelta.
কারণ সে তাকে ঘুরে দাঁড়াতে বিরক্ত করেনি।

Incluso utilizó la punta de su bastón para guiar la rotación.
এমনকি তিনি ঘূর্ণন পরিচালনার জন্য তার লাঠির ডগা ব্যবহার করতেন।

¡Pero Gregor aún deseaba que su padre no le hubiera silbado!
কিন্তু গ্রেগর তখনও চাইত বাবা যদি তাকে ফিসফিস না করত!

El silbido sólo aumentó la confusión del momento.
হিস হিস শব্দ মুহূর্তের বিভ্রান্তি আরও বাড়িয়ে দিল।

Y luego cometió un error y giró en la dirección equivocada.
আর তারপর সে একটা ভুল করে ভুল পথে চলে গেল।

Al final logró encarar el camino correcto.
শেষ পর্যন্ত সে সঠিক পথের মুখোমুখি হতে সক্ষম হয়েছিল।

Y estaba satisfecho con el progreso que había logrado.
এবং তিনি যে অগ্রগতি করেছেন তাতে তিনি সন্তুষ্ট ছিলেন।

Pero entonces el siguiente problema se hizo aún más evidente.
কিন্তু এরপর পরবর্তী সমস্যাটি আরও স্পষ্ট হয়ে ওঠে।

Su cuerpo era demasiado ancho para pasar fácilmente por la puerta.
তার শরীর এতটাই চওড়া ছিল যে দরজা দিয়ে সহজে ঢুকতে পারত না।

En su estado actual el padre no se dio cuenta de esto.
তার বর্তমান অবস্থায় বাবা এটা লক্ষ্য করেননি।

Así que no se le ocurrió abrir más la puerta.
তাই দরজাটা আর খোলার কথা তার মাথায় এলো না।

Entonces habría habido suficiente espacio para Gregor.
তাহলে গ্রেগরের জন্য পর্যাপ্ত জায়গা থাকত।

Su única prioridad era conseguir que Gregor entrara a su habitación.
তার একমাত্র অগ্রাধিকার ছিল গ্রেগরকে তার ঘরে নিয়ে যাওয়া।

Habría tenido que ponerse de pie para poder pasar por la puerta.

দরজা দিয়ে ভেতরে ঢুকতে হলে তাকে দাঁড়িয়ে থাকতে হতো।

Pero el padre no hubiera permitido tal maniobra.

কিন্তু বাবা এমন কৌশলের অনুমতি দিতেন না।

De hecho, le estaba siseando aún más salvajemente que antes.

আসলে সে আগের চেয়েও বেশি হিংস্রভাবে তার দিকে ফিসফিস করছিল।

Sonaba como si más de un hombre le estuviera silbando.

এটা শুনে মনে হচ্ছিল যেন একজন লোক তাকে দেখে ফিসফিস করছে না।

Sus demandas parecían tener una nueva urgencia detrás.

তার দাবিগুলোর পেছনে একটা নতুন তাগিদ আছে বলে মনে হচ্ছিল।

Realmente ya no había más tiempo para perder el tiempo.

আসলে এখন আর এলোমেলো করার সময় ছিল না।

Pasara lo que pasara, Gregor tenía que atravesar la puerta.

যাই ঘটুক না কেন, গ্রেগরকে দরজা দিয়ে ঢুকতে হবে।

Se abrió paso sin ningún respeto por sí mismo.

সে কোনও আত্মসম্মান ছাড়াই নিজেকে এগিয়ে নিয়ে গেল।

Un lado de su cuerpo fue empujado hacia arriba por el movimiento.

নড়াচড়ার ফলে তার শরীরের একপাশ উপরের দিকে উঠে গেল।

Y él yacía torpe y torcido en el umbral de la puerta.

আর সে দরজার মাঝখানে বিশ্রী এবং বাঁকাভাবে শুয়ে ছিল।

Uno de sus flancos quedó en carne viva rozando la madera.

তার এক পাশ কাঠের সাথে কাঁচা ঘষা লেগেছিল।

Y había dejado feas manchas en la puerta pintada de blanco.

আর সে সাদা রঙ করা দরজায় কুৎসিত দাগ রেখে গিয়েছিল।

Las piernas de uno de sus costados colgaban temblando en el aire.

তার একপাশের পা বাতাসে কাঁপতে কাঁপতে ঝুলছিল।

Sus otras piernas estaban presionadas dolorosamente contra el suelo.

তার অন্য পাগুলো যন্ত্রণাদায়কভাবে মেঝেতে চেপে ধরেছিল।

Pronto se quedaría atrapado completamente entre las puertas.

শীঘ্রই সে দরজার মাঝখানে পুরোপুরি আটকে যাবে।

Y entonces no habría podido moverse en absoluto.

আর তাহলে সে কিছুতেই নড়াচড়া করতে পারত না।

Pero el padre le dio un fuerte empujón realmente liberador.

কিন্তু বাবা তাকে সত্যিকার অথেই মুক্তির এক জোরালো ধাক্কা দিলেন।

Y cayó, sangrando profusamente, hasta el fondo de su habitación.

আর সে পড়ে গেল, প্রচণ্ড রক্তক্ষরণে, তার ঘরের অনেক দুরে।

El padre cerró la puerta tras de sí con su bastón.

বাবা তার লাঠি দিয়ে দরজাটা পিছনে ধাক্কা দিলেন।

Y finalmente hubo algo de paz y tranquilidad nuevamente.

এবং তারপর অবশেষে আবার কিছুটা শান্তি ও নীরবতা ফিরে এলো।

Segunda parte
দ্বিতীয় অংশ

Gregor no se despertó hasta mucho más tarde ese mismo día.

গ্রেগর অনেক রাত পর্যন্ত ঘুম থেকে ওঠেনি।

Había anochecido; había dormido profundamente e inconscientemente.

সন্ধ্যা নেমে এসেছিল; সে ভারী এবং অজ্ঞান অবস্থায় ঘুমিয়ে পড়েছিল।

Se habría despertado incluso sin que nadie lo hubiera molestado.

বিরক্ত না হলেও সে জেগে উঠত।

Porque se sentía suficientemente descansado y bien dormido.

কারণ সে যথেষ্ট বিশ্রাম পেয়েছে এবং ভালো ঘুম পেয়েছে বলে মনে হয়েছে।

Pero le pareció oír unos pasos fugaces afuera.

কিন্তু সে ভেবেছিল বাইরে কিছু ক্ষণস্থায়ী পদক্ষেপের শব্দ সে শুনতে পেয়েছে।

Y alguien podría haber cerrado cuidadosamente la puerta principal.

আর কেউ হয়তো সাবধানে সদর দরজা বন্ধ করে দিয়েছে।

La luz del tranvía eléctrico se reflejaba pálidamente en el techo.

বৈদ্যুতিক ট্রামের আলো ছাদে ফ্যাকাশে পড়েছিল।

La parte superior del mueble también recibió un poco de luz.

আসবাবপত্রের উপরের অংশটিও একটু আলো পেয়েছে।

Pero allá abajo, a la altura de Gregor, estaba oscuro.

কিন্তু মাটিতে, গ্রেগরের স্তরে, অন্ধকার ছিল।

Sus piernas lo empujaron lentamente hacia la puerta nuevamente.

তার পা ধীরে ধীরে তাকে আবার দরজার দিকে ঠেলে দিল।

Tenía mucha curiosidad por ver qué había sucedido allí.

সেখানে কী ঘটেছে তা দেখার জন্য সে খুব কৌতূহলী ছিল।

Pero su control de sus sensores aún no estaba desarrollado.
কিন্তু তার অনুভূতির উপর তার নিয়ন্ত্রণ তখনও বিকশিত হয়নি।

Aunque empezó a apreciar estos nuevos sensores.
যদিও সে এই নতুন সেন্সরগুলির প্রশংসা করতে শুরু করেছিল।

Una cicatriz larga y desagradable parecía recorrer su costado izquierdo.
তার বাম পাশ দিয়ে একটা লম্বা, অপ্রীতিকর দাগ গড়ে উঠল।

La cicatriz parecía como si apretara ese lado de su cuerpo.
দাগটা যেন তার শরীরের ওই দিকটা শক্ত করে ধরেছে।

Y entonces tuvo que cojear literalmente sobre sus dos filas de piernas.
আর তাই তাকে আক্ষরিক অর্থেই তার দুই সারি পায়ে খোঁড়াতে হয়েছিল।

Esa mañana una de sus piernas resultó gravemente herida.
সেদিন সকালে তার একটি পা গুরুতর আহত হয়েছিল।

Realmente fue un milagro que no se hubiera roto más piernas.
সত্যিই এটা একটা অলৌকিক ঘটনা যে তার আর পা ভাঙেনি।

Y así arrastró sin vida su pierna herida.
আর তাই সে তার আহত পা নিষ্প্রাণভাবে পিছনে টেনে নিয়ে গেল।

Cuando llegó a la puerta se dio cuenta de algo profundo.
দরজার কাছে পৌঁছানোর পর সে গভীর কিছু বুঝতে পারল।

Fue el olor de algo lo que lo atrajo hasta allí.
কিছু একটার গন্ধই তাকে সেখানে আকৃষ্ট করেছিল।

A Gregor le habían dejado algo comestible en su habitación.
গ্রেগরের ঘরে তার জন্য কিছু ভোজ্য জিনিস রেখে গিয়েছিল।

Trozos de pan blanco flotando en un cuenco de leche dulce.
মিষ্টি দুধের পাত্রে ভাসমান সাদা রুটির টুকরো।

Apenas podía contener la alegría que había dentro de él.
তার ভেতরে যে আনন্দ ছিল তা সে খুব একটা ধরে রাখতে পারছিল না।

Ahora tenía incluso más hambre que por la mañana.
সকালের চেয়েও এখন তার খিদে বেশি।

Inmediatamente sumergió su cabeza en el cuenco de leche.
সে তৎক্ষণাৎ দুধের পাত্রে মাথা ডুবিয়ে দিল।

La leche le salía casi por toda la cabeza, hasta los ojos.
দুধ তার মাথার প্রায় পুরোটা দিয়ে, চোখ পর্যন্ত বেড়ে উঠল।

Pero pronto echó la cabeza hacia atrás, amargamente decepcionado.
কিন্তু শীঘ্রই সে তার মাথা পিছনে টেনে নিল, তীব্র হতাশ হয়ে।

Comer era difícil debido a su delicado lado izquierdo.
তার বাম পাশ নাজুক থাকায় খাওয়া কঠিন ছিল।

Y sólo podía comer jadeando con todo su cuerpo.
আর সে কেবল সারা শরীর দিয়ে হাঁপাতে হাঁপাতে খেতে পারত।

Pero esa no fue la verdadera razón de su decepción.
কিন্তু এটাই তার হতাশার আসল কারণ ছিল না।

La leche siempre había sido uno de sus platos favoritos.
দুধ সবসময়ই তার প্রিয় খাবারের মধ্যে একটি ছিল।

No tenía ninguna duda de que su hermana recordaba esto.
তার কোন সন্দেহ ছিল না যে তার বোন এটা মনে রেখেছে।

Y esa fue la razón por la que le había dado leche.
আর সেই কারণেই সে তাকে দুধ দিয়েছিল।

No podía explicar por qué ahora no le gustaba la leche.
সে এখন কেন দুধ অপছন্দ করে তা ব্যাখ্যা করতে পারছিল না।

Y se apartó del cuenco casi con reticencia.
আর সে প্রায় অনিচ্ছায় বাটি থেকে মুখ ফিরিয়ে নিল।

Decepcionado, se arrastró de nuevo hasta el centro de la habitación.
হতাশ হয়ে সে হামাগুড়ি দিয়ে ঘরের মাঝখানে ফিরে গেল।

Desde allí pudo ver a través de la rendija de la puerta.
এখানে সে দরজার ফাটল দিয়ে দেখতে পেল।

Pudo ver que el fuego en la sala de estar estaba encendido.
সে দেখতে পেল যে বসার ঘরে আগুন জ্বলছে।

Generalmente a esta hora el padre leía el periódico.
সাধারণত এই সময়ে বাবা খবরের কাগজ পড়েন।

Él siempre solía leerle a la madre en voz alta.
সে সবসময় উঁচু স্বরে মাকে পড়ে শোনাত।

A veces la hermana también escuchaba al padre.
মাঝে মাঝে বোনও বাবার কথা শুনত।

Ella siempre le había contado a Gregor sobre esta lectura en voz alta.
সে সবসময় গ্রেগরকে এই পাঠের কথা জোরে বলত।

Pero hoy no se oía ningún sonido en la habitación.
কিন্তু আজ ঘর থেকে কোন শব্দ আসছিল না।

Quizás este hábito ya había caído en desuso.
হয়তো এই অভ্যাসটা ইতিমধ্যেই চলে গেছে।

Un profundo silencio se había apoderado de todo el apartamento.
পুরো অ্যাপার্টমেন্ট জুড়ে একটা গভীর নীরবতা নেমে এলো।

Aunque sabía que el apartamento ciertamente no estaba vacío.
যদিও সে জানত যে অ্যাপার্টমেন্টটি অবশ্যই খালি ছিল না।

«¡Qué vida tan tranquila lleva la familia!», pensó Gregor.
"কি শান্ত জীবনযাপন করছে পরিবারটা," ভাবলো গ্রেগর।

Y miró hacia la oscuridad con gran orgullo.
আর সে গভীর গর্বের সাথে অন্ধকারের দিকে তাকিয়ে রইল।

Estaba orgulloso de la vida que había podido darles.
তাদের যে জীবন দিতে পেরেছিলেন, তাতে তিনি গর্বিত ছিলেন।

Estaba orgulloso del hermoso apartamento en el que vivían.
তারা যে সুন্দর অ্যাপার্টমেন্টে থাকত, তাতে সে গর্বিত ছিল।

¿Pero toda esta paz estaba a punto de tener un final terrible?
কিন্তু এই সমস্ত শান্তি কি ভয়াবহ পরিণতিতে পৌঁছাতে যাচ্ছিল?

¿Les iban a quitar su prosperidad?
তাদের সমৃদ্ধি কি তাদের কাছ থেকে কেড়ে নেওয়া হবে?

¿Su satisfacción ahora era incierta en el futuro?
ভবিষ্যতে কি তাদের সন্তুষ্টি অনিশ্চিত ছিল?

Pero él no quería perderse en tales pensamientos.

কিন্তু সে এইসব চিন্তায় নিজেকে হারিয়ে ফেলতে চাইছিল না।

Para mantenerse ocupado se arrastraba arriba y abajo por las paredes.

নিজেকে ব্যস্ত রাখার জন্য সে দেয়াল বেয়ে উপরে-নিচে হামাগুড়ি দিল।

Durante la larga velada una puerta estaba entreabierta.

দীর্ঘ সন্ধ্যায় একটি দরজা সামান্য খোলা ছিল।

Y en otro momento la otra puerta se abrió un poquito.

আর এক সময় অন্য দরজাটা একটু খুলে গেল।

Pero en ambas ocasiones las puertas se cerraron rápidamente de nuevo.

কিন্তু দুবারই দরজাগুলো আবার দ্রুত বন্ধ করে দেওয়া হয়।

Estaba claro que alguien de fuera tenía el deseo de entrar.

স্পষ্টতই বাইরের কেউ ভেতরে আসার ইচ্ছা পোষণ করেছিল।

Pero también tenían demasiadas preocupaciones acerca de venir.

কিন্তু তাদের ভেতরে আসার ব্যাপারেও অনেক উদ্বেগ ছিল।

Gregor ahora se detuvo directamente en la puerta de la sala de estar.

গ্রেগর এবার সরাসরি বসার ঘরের দরজার কাছে এসে থামল।

Estaba decidido a tentar de algún modo al indeciso visitante.

সে কোনভাবে দ্বিধাগ্রস্ত দর্শনার্থীকে প্রলুব্ধ করার জন্য দৃঢ়প্রতিজ্ঞ ছিল।

Y también quería saber quién había sido el visitante.

আর সে জানতে চেয়েছিলো যে অতিথিটি কে ছিল।

Pero aquella noche la puerta no se abrió una tercera vez.

কিন্তু সেই সন্ধ্যায় তৃতীয়বারের মতো দরজা খোলা হয়নি।

Y Gregorio esperaba en vano junto a la puerta.

আর গ্রেগর দরজার কাছে অপেক্ষা করে বৃথা সময় নষ্ট করল।

Más temprano ese día todos querían entrar a la habitación.

সেদিনের শুরুতে তারা সবাই ঘরে আসতে চেয়েছিল।

Ahora que las puertas estaban desbloqueadas sería más fácil para ellos.

এখন দরজাগুলো খুলে দেওয়া হয়েছে, তাদের জন্য এটা সহজ হবে।

Pero ellos prefirieron quedarse al otro lado de la habitación.

কিন্তু তারা ঘরের অন্য প্রান্তে থাকা বেছে নিল।

Gregor se dio cuenta de que las llaves ya no estaban en sus cerraduras.
গ্রেগর লক্ষ্য করল যে চাবিগুলো আর তাদের তালায় নেই।

Alguien debe haber movido las llaves a la cerradura exterior.
কেউ নিশ্চয়ই বাইরের তালার চাবিগুলো সরিয়ে দিয়েছে।

Sólo tarde por la noche se apagó la luz de la sala de estar.
কেবল গভীর রাতেই বসার ঘরের আলো নিভিয়ে দেওয়া হত।

La familia debe haber permanecido despierta todo el tiempo.
পরিবারটি নিশ্চয়ই পুরো সময় জেগে ছিল।

Y Gregor podía oírlos claramente alejándose de puntillas.
আর গ্রেগর স্পষ্ট শুনতে পেল ওদের পা টিপে টিপে দূরে সরে যাওয়ার শব্দ।

Ahora nadie vendría a ver a Gregor hasta la mañana.
এখন সকাল পর্যন্ত কেউ গ্রেগরের কাছে আসবে না।

Así que tuvo mucho tiempo para sí mismo, para pensar sin interrupciones.
তাই সে নিজেকে নিয়ে অনেকক্ষণ সময় পেয়েছিল, নির্বিঘ্নে চিন্তা করার জন্য।

¿Cuál sería la mejor manera de reorganizar su vida ahora?
এখন তার জীবন পুনর্গঠনের সবচেয়ে ভালো উপায় কী হবে?

Pero las altas paredes de la habitación vacía lo asustaban.
কিন্তু খালি ঘরের উঁচু দেয়াল তাকে ভয় পাইয়ে দেয়।

No le quedó más remedio que tumbarse en el suelo.
মাটিতে শুয়ে থাকা ছাড়া তার আর কোন উপায় ছিল না।

Y nunca encontró la causa de su miedo en ese espacio.
আর সেই জায়গায় সে কখনোই তার ভয়ের কারণ খুঁজে পায়নি।

Era la misma habitación en la que había vivido durante cinco años.
এটি সেই একই ঘরে যেখানে সে পাঁচ বছর ধরে থাকত।

Medio inconscientemente hizo un movimiento hacia el sofá.
অজ্ঞান অবস্থায় সে সোফার দিকে এগিয়ে গেল।

Y sin ninguna vergüenza se escondió debajo del sofá.
আর কোন লজ্জা ছাড়াই সে নিজেকে সোফার নিচে লুকিয়ে রাখল।

Allí abajo se sintió inmediatamente de nuevo muy a gusto.
নিচে সে তৎক্ষণাৎ আবার খুব আরাম বোধ করল।

A pesar de que tenía la espalda un poco presionada.
যদিও তার পিঠে একটু চাপ ছিল।

Ya no podía levantar la cabeza debajo del sofá.
সে আর সোফার নিচে মাথা তুলতে পারল না।

Pero incluso esto lo prefería a estar en cualquier espacio abierto.
কিন্তু তবুও সে যেকোনো খোলা জায়গায় থাকার চেয়ে বেশি পছন্দ করত।

Sin embargo, lamentó que su cuerpo fuera tan ancho.
তবে, তার শরীর এত চওড়া ছিল বলে তার আফসোস ছিল।

El sofá no podía cubrir completamente todo su cuerpo.
সোফাটি তার পুরো শরীর পুরোপুরি ঢেকে রাখতে পারেনি।

Se quedó debajo del sofá toda la noche.
সারা রাত সে সোফার নিচেই রইল।

La noche la pasó medio dormido, perturbado por el hambre.
যে রাতটা সে আধো ঘুমিয়ে কাটিয়েছিল, ক্ষুধার জ্বালায় অস্থির।

Y el tiempo que estaba despierto lo pasaba preocupado o esperanzado.
আর জাগ্রত সময়টা সে হয় চিন্তিত হয়ে, নয়তো আশাবাদী হয়ে কাটিয়েছে।

Pero todas sus vagas esperanzas llevaron a la misma conclusión.
কিন্তু তার সমস্ত অস্পষ্ট আশা একই সিদ্ধান্তে পৌঁছেছিল।

No tuvo más remedio que permanecer en silencio por el momento.
মুহূর্তের জন্য চুপ করে থাকা ছাড়া তার আর কোন উপায় ছিল না।

Tuvo que mostrar paciencia y consideración hacia la familia.
তাকে পরিবারের প্রতি ধৈর্য এবং বিবেচনা দেখাতে হয়েছিল।

Era la única manera de hacer soportable el inconveniente.

অসুবিধা সহনীয় করার এটাই ছিল একমাত্র উপায়।

Los inconvenientes que ahora estaba causando a la familia.
সে যে অসুবিধার সম্মুখীন হচ্ছিল তা এখন পরিবারের উপর চাপিয়ে দিচ্ছিল।

No tuvo que esperar mucho para demostrar su compasión.
তার করুণা প্রমাণের জন্য তাকে বেশিক্ষণ অপেক্ষা করতে হয়নি।

Temprano por la mañana la hermana miró dentro de su habitación.
খুব ভোরে বোন তার ঘরে তাকাল।

Aunque en realidad era tan de noche como de mañana.
যদিও আসলে তখন সকালের মতোই রাতও ছিল।

Ella estaba completamente vestida y parecía mostrar entusiasmo.
সে সম্পূর্ণ পোশাক পরেছিল, এবং মনে হচ্ছিল যেন উত্তেজনা দেখাচ্ছে।

La fuerza de su nueva decisión podría ser puesta a prueba.
তার নতুন সিদ্ধান্তের শক্তি পরীক্ষা করা যেতে পারে।

Ella no lo encontró inmediatamente con su primera mirada.
প্রথম দেখাতেই সে তাকে খুঁজে পেল না।

Tenía que estar en algún lugar, no podía haber volado.
তাকে কোথাও থাকতেই হবে; সে উড়ে যেতে পারত না।

Pero entonces sus ojos hicieron un segundo recorrido por la habitación.
কিন্তু তারপর তার চোখ আবার ঘরের উপর পড়ল।

Y esta vez vio su torso debajo del sofá.
আর এবার সে সোফার নিচে তার ধড় দেখতে পেল।

Estaba tan asustada que perdió todo el control de sí misma.
সে এতটাই ভীত ছিল যে সে সমস্ত আত্মনিয়ন্ত্রণ হারিয়ে ফেলেছিল।

Y su primera reacción fue cerrar la puerta de golpe.
আর তার প্রথম প্রতিক্রিয়া ছিল দরজাটা আবার জোরে বন্ধ করে দেওয়া।

Pero también pareció arrepentirse inmediatamente de su comportamiento.
কিন্তু সে তার আচরণের জন্য তাৎক্ষণিকভাবে অনুতপ্তও হয়ে উঠল।

Tan pronto como cerró la puerta de golpe, la abrió de nuevo.

দরজাটা ধাক্কা দেওয়ার সাথে সাথেই সে আবার দরজা খুলে দিল।

Y esta vez entró de puntillas en la habitación con cuidado.

আর এবার সে আলতো করে পা টিপে টিপে ঘরে ঢুকল।

Se movía como si estuviera visitando a una persona gravemente enferma.

সে এমনভাবে নড়াচড়া করছিল যেন সে একজন গুরুতর অসুস্থ ব্যক্তির সাথে দেখা করতে আসছে।

O tal vez estaba visitando a un completo desconocido.

অথবা সে হয়তো সম্পূর্ণ অপরিচিত কারো সাথে দেখা করতে গিয়েছিল।

Gregor empujó su cabeza casi hasta el borde del sofá.

গ্রেগর তার মাথাটা প্রায় সোফার কিনারায় ঠেলে দিল।

Y desde debajo de la caja fuerte la observaba en la habitación.

আর সেফের নিচ থেকে সে ঘরে তাকে দেখছিল।

¿Se daría cuenta de que había dejado la leche?

সে কি লক্ষ্য করবে যে সে দুধ ছেড়ে দিয়েছে?

No había dejado la leche por falta de hambre.

ক্ষুধার অভাবে সে দুধ ছাড়েনি।

¿En lugar de eso le traería comida diferente?

সে কি তার জন্য আলাদা খাবার আনতে যাচ্ছিল?

Quizás un plato que se ajustara mejor a sus preferencias.

হয়তো এমন একটা খাবার যা তার পছন্দের সাথে বেশি মানানসই।

Pero ella misma habría tenido que notar su apetito.

কিন্তু তাকে নিজেই তার ক্ষুধা লক্ষ্য করতে হত।

Preferiría morir de hambre antes que hacerle saber eso.

তাকে এটা জানানোর চেয়ে সে ক্ষুধার্ত থাকাই ভালো মনে করত।

En realidad le habría gustado mucho decírselo.

আসলে সে তাকে বলতে খুব চাইত।

Estuvo realmente tentado de disparar desde debajo del sofá.

সোফার নিচ থেকে গুলি করার জন্য সে সত্যিই লোভিত হয়ে উঠল।

Quería arrojarse a los pies de su hermana.

সে তার বোনের পায়ের কাছে নিজেকে লুটিয়ে দিতে চাইল।

Y quiso pedirle algo bueno para comer.
আর সে তার কাছে ভালো কিছু খেতে চাইতে চাইল।

Pero entonces la hermana miró hacia el cuenco de leche.
কিন্তু তারপর বোন দুধের বাটির দিকে তাকাল।

Inmediatamente se dio cuenta de que el cuenco todavía estaba lleno.
সে তৎক্ষণাৎ লক্ষ্য করল যে বাটিটি এখনও পূর্ণ।

Le sorprendió bastante que Gregor no hubiera comido nada.
গ্রেগর কিছু খায়নি, এটা জেনে সে বেশ অবাক হলো।

Sólo se había derramado un poco de leche en el suelo.
মেঝেতে কেবল সামান্য দুধ ছিটকে পড়েছিল।

Inmediatamente cogió el cuenco y lo sacó.
সে তৎক্ষণাৎ বাটিটি তুলে নিল, এবং তা বাইরে নিয়ে গেল।

Él vio que ella no recogió el cuenco con sus propias manos.
সে দেখল সে খালি হাতে বাটিটি তুলে নেয়নি।

En lugar de eso, recogió el cuenco con uno de los trapos.
পরিবর্তে, সে একটি ন্যাকড়া দিয়ে বাটিটি তুলে নিল।

Pero Gregor se olvidó muy rápidamente de este pequeño detalle.
কিন্তু গ্রেগর খুব দ্রুত এই ছোটখাটো বিষয়টা ভুলে গেল।

Ahora estaba mucho más entusiasmado por otra cosa.
সে এখন অন্য কিছু নিয়ে অনেক বেশি উত্তেজিত ছিল।

¿Qué podría traer como reemplazo de la leche?
দুধের পরিবর্তে সে কী আনতে পারে?

Tenía varios pensamientos sobre lo que ella podría traer.
সে কী আনতে পারে তা নিয়ে তার নানান চিন্তাভাবনা ছিল।

Pero la bondad de su hermana superó sus expectativas.
কিন্তু তার বোনের দয়া তার প্রত্যাশা ছাড়িয়ে গেল।

Se dio cuenta de que tenía que probar cuáles eran sus nuevos gustos.
সে বুঝতে পারল যে তার নতুন রুচি কী তা তাকে পরীক্ষা করতে হবে।

Así que trajo toda una selección de alimentos diferentes.
তাই সে বিভিন্ন ধরণের খাবার নিয়ে এলো।

Verduras medio podridas, huesos de la cena.
আধা পচা সবজি, রাতের খাবারের হাড়।

Salsa solidificada de la otra comida que habían comido.
তারা যে অন্য খাবারটি খেয়েছিল তার থেকে তৈরি শক্ত সস।

Unas pasas, unas almendras, pan seco, pan con mantequilla.
কিছু কিশমিশ, কিছু বাদাম, শুকনো রুটি, মাখনের রুটি।

Un poco de pan untado con mantequilla y también con sal.
কিছু রুটি যা মাখন মাখানো ছিল এবং লবণও দেওয়া হয়েছিল।

Queso que Gregor había declarado incomestible hacía dos días.
পনির, যা গ্রেগর দুই দিন আগে অখাদ্য ঘোষণা করেছিলেন।

Toda esta selección de comida fue colocada en un periódico.
এই সমস্ত খাবারের তালিকা একটি সংবাদপত্রে ছাপানো হয়েছিল।

Y también colocó un recipiente con agua al lado de sus comidas.
আর সে তার খাবারের পাশে এক বাটি জলও রেখে দিল।

Ella sabía que Gregor no habría comido delante de ella.
সে জানত গ্রেগর তার সামনে খাবে না।

Entonces, por respeto hacia él, salió nuevamente de la habitación.
তাই তার প্রতি শ্রদ্ধা জানিয়ে সে আবার ঘর থেকে বেরিয়ে গেল।

Y hasta giró la llave en la cerradura al salir.
আর সে চলে যাওয়ার সময় তালার চাবিটাও ঘুরিয়ে দিয়েছিল।

Pero ella giró la llave muy silenciosamente y con mucho cuidado.
কিন্তু সে খুব শান্তভাবে এবং সাবধানে চাবি ঘুরিয়ে দিল।

De esta manera sólo Gregor sabría que la puerta estaba cerrada.
এইভাবে কেবল গ্রেগরই জানতে পারবে দরজাটি বন্ধ।

Ahora podía ponerse tan cómodo como quisiera.
এখন সে নিজেকে যতটা ইচ্ছা আরামদায়ক করে তুলতে পারত।

Las piernas de Gregor zumbaban cuando llegó la hora de comer.

খাওয়ার সময় হলে গ্রেগরেরর পা ঘুরছিল।

Lo que vale la pena destacar es que ya no sentía ninguna molestia.

লক্ষণীয় বিষয় হল, তিনি আর কোনও অস্বস্তি অনুভব করেননি।

Sus heridas deben haber sanado ya por completo.

তার ক্ষত ইতিমধ্যেই সম্পূর্ণরূপে সেরে গেছে।

Porque ya no sentía sus discapacidades anteriores.

কারণ সে আর তার আগের অক্ষমতা অনুভব করে না।

Su nueva capacidad de curar lo sorprendió y lo asombró.

তার নতুন আরোগ্য ক্ষমতা তাকে অবাক ও বিস্মিত করেছিল।

Hace más de un mes se cortó el dedo con un cuchillo.

এক মাসেরও বেশি সময় আগে সে ছুরি দিয়ে তার আঙুল কেটে ফেলেছিল।

Hasta hace dos días esa herida todavía le dolía.

দুই দিন আগে পর্যন্তও সেই ক্ষত তাকে কষ্ট দিচ্ছিল।

"¿Soy mucho menos sensible ahora?" pensó para sí mismo.

"আমি কি এখন অনেক কম সংবেদনশীল?" সে মনে মনে ভাবল।

Para entonces ya estaba chupando con avidez el queso.

এতক্ষণে সে লোভের সাথে পনির চুষতে শুরু করেছে।

Se sintió atraído por el queso más que por el resto de la comida.

অন্যান্য খাবারের তুলনায় পনিরের প্রতি তার আকর্ষণ বেশি ছিল।

Comió rápidamente un trozo de queso tras otro.

সে দ্রুত একের পর এক পনিরের টুকরো খেয়ে ফেলল।

Sus ojos se llenaron de lágrimas de satisfacción al probarlo.

এর স্বাদে তার চোখ তৃপ্তিতে জলে ভরে গেল।

Después del queso comió las verduras y la salsa.

পনিরের পর সে সবজি এবং সস খেয়ে ফেলল।

Sin embargo, la comida fresca no le sabía bien.

তবে, তাজা খাবার তার কাছে ভালো লাগেনি।

De hecho, ni siquiera podía soportar el olor de la comida fresca.

আসলে সে তাজা খাবারের গন্ধও সহ্য করতে পারত না।

Incluso arrastró el resto de la comida lejos de la comida fresca.

এমনকি সে তাজা খাবার থেকে অন্য খাবারও টেনে নিয়ে গেল।

Y muy rápidamente terminó la comida más comestible.

আর খুব দ্রুত সে সবচেয়ে ভোজ্য খাবারটি শেষ করে ফেলল।

Toda aquella deliciosa comida tuvo sobre él un efecto soporífero.

সব সুস্বাদু খাবার তার উপর এক বিষণ্ণ প্রভাব ফেলেছিল।

Y él permaneció acostado perezosamente en el lugar donde había comido.

আর সে যেখানে খেয়েছিল সেখানেই অলসভাবে শুয়ে পড়ল।

Finalmente su hermana regresó para ver cómo estaba nuevamente.

অবশেষে তার বোন আবার তাকে দেখতে ফিরে এলো।

Tuvo la previsión de girar la llave muy lentamente.

তার দূরদর্শিতা ছিল খুব ধীরে ধীরে চাবি ঘোরানোর।

Esto le dio a Gregor una advertencia de que debía retirarse.

এর ফলে গ্রেগরকে সতর্ক করে দেওয়া হয়েছিল যে তার সরে আসা উচিত।

Aturdido y sobresaltado, se apresuró a volver debajo del sofá.

হতবাক ও চমকে উঠে সে দ্রুত সোফার নিচে ফিরে গেল।

Pero quedarse debajo del sofá no fue tan fácil esta vez.

কিন্তু এবার সোফার নিচে থাকা এত সহজ ছিল না।

Su cuerpo se había vuelto un poco redondeado por tanta comida.

খাবারের কারণে তার শরীর একটু গোলাকার হয়ে গিয়েছিল।

Y tuvo que controlarse para no quedarse sin nada otra vez.

আর তাকে নিজেকে নিয়ন্ত্রণ করতে হয়েছিল যাতে আবার রান আউট না হয়।

Aunque la hermana no permaneció mucho tiempo en la habitación.
যদিও বোনটি ঘরে বেশিক্ষণ থাকেনি।

Le costaba respirar en ese estrecho espacio.
সেই সংকীর্ণ জায়গার নিচে তার নিঃশ্বাস নিতে কষ্ট হচ্ছিল।

Pero él siguió adelante a pesar de los pequeños ataques de asfixia.
কিন্তু সে ছোট ছোট শ্বাসরোধের ধাক্কা কাটিয়ে উঠেছিল।

Con ojos desorbitados observaba las actividades de la hermana.
চোখ ফুলিয়ে সে বোনের কার্যকলাপ দেখছিল।

La hermana desprevenida vertió todo en un balde.
নিষ্পাপ বোনটি সবকিছু একটা বালতিতে ঢেলে দিল।

Ella no sólo se deshizo de la comida que Gregor no había comido.
সে শুধু গ্রেগর যে খাবার খায়নি তা ফেলেই দেয়নি।

Pero también se deshizo de la comida que él no había tocado.
কিন্তু সে যদি খাবার স্পর্শ না করত, তাহলে সে তাও মেনে নিত।

Al parecer esa comida ya no era comestible para nadie.
স্পষ্টতই সেই খাবারটি এখন আর কারও খাওয়ার যোগ্য ছিল না।

Luego cerró el cubo de comida con una tapa de madera.
তারপর সে কাঠের ঢাকনা দিয়ে খাবারের বালতিটি বন্ধ করে দিল।

Y con la comida, el balde y el trapeador, se fue.
আর খাবার, বালতি, আর মোছার জিনিসপত্র নিয়ে সে চলে গেল।

Gregor no habría podido esperar mucho más tiempo.
গ্রেগর আর বেশিক্ষণ অপেক্ষা করতে পারত না।

Tan pronto como ella se fue, él se escapó de debajo del sofá.
সে চলে যাওয়ার সাথে সাথেই সে সোফার নিচ থেকে পালিয়ে গেল।

Y se estiró y resopló aliviado.
আর সে নিজেকে প্রসারিত করে স্বস্তিতে ফুলে উঠল।

Así recibía Gregorio comida de vez en cuando.
গ্রেগর এখন থেকে এভাবেই মাঝে মাঝে খাবার পেত।

Su hermana le dio de comer una vez temprano en la mañana.
তার বোন তাকে একবার খুব ভোরে খাবার দিয়েছিল।

A esta hora los padres y la criada todavía dormían.
এই মুহূর্তে বাবা-মা এবং কাজের মেয়েটি তখনও ঘুমাচ্ছিল।

Y recibió una segunda comida después de que todos almorzaron.
আর সবাই দুপুরের খাবার খাওয়ার পর সে দ্বিতীয়বার খাবার পেল।

Porque en ese momento los padres también durmieron un rato.
কারণ সেই সময় বাবা-মাও কিছুক্ষণ ঘুমিয়েছিলেন।

Y la doncella fue enviada por su hermana a hacer algún recado.
আর দাসীটিকে বোন কোন কাজে পাঠিয়ে দিয়েছিল।

Ciertamente no tenían intención de dejar morir de hambre a Gregor.
গ্রেগরকে অনাহারে রাখার কোনও ইচ্ছা তাদের ছিল না।

Pero tampoco hubieran querido verlo comer.
কিন্তু তারাও তাকে খেতে দেখতে চাইত না।

Lo que mencionó la hermana fue suficiente información.
বোন যা উল্লেখ করেছেন তা যথেষ্ট তথ্য।

Quizás era su manera de ahorrarles dolor a los padres.
হয়তো এটা ছিল বাবা-মায়ের দুঃখ দূর করার তার উপায়।

Ya habían sufrido bastante por sus acciones.
তার কর্মকাণ্ডের ফলে তারা ইতিমধ্যেই যথেষ্ট কষ্ট পেয়েছে।

El primer día se iba convirtiendo poco a poco en un recuerdo lejano.
প্রথম দিনটি ধীরে ধীরে দুরের স্মৃতিতে পরিণত হচ্ছিল।

Gregor no tenía forma de saber lo que pasó ese día.
গ্রেগরের জানার কোন উপায় ছিল না যে সেদিন কী ঘটেছিল।

¿Cómo fue guiado el cerrajero fuera del apartamento?
তালা মিস্ত্রীকে অ্যাপার্টমেন্ট থেকে কীভাবে বের করে আনা হয়েছিল?

¿Con qué excusas quedó finalmente satisfecho el médico?

ডাক্তার শেষ পর্যন্ত কোন অজুহাতে সন্তুষ্ট হলেন?

No había encontrado ningún modo de hacerse entender.
নিজেকে বোঝানোর কোন উপায় সে খুঁজে পাচ্ছিল না।

Ni siquiera logró comunicarse con su hermana.
সে তার বোনের সাথে যোগাযোগও করতে পারেনি।

Y entonces pensaron que no podía entenderlos.
আর তাই তারা ভেবেছিল যে সে তাদের কথা বুঝতে পারবে না।

Y por eso no se hizo ningún esfuerzo para hablar con él.
আর তাই তার সাথে কথা বলার কোন চেষ্টা করা হয়নি।

Su hermana entraba en su habitación todas las mañanas y a la hora del almuerzo.
তার বোন প্রতিদিন সকালে তার ঘরে আসত এবং দুপুরের খাবার খেত।

Pero él tuvo que contentarse con escuchar sus suspiros.
কিন্তু তাকে তার দীর্ঘশ্বাস শুনেই সন্তুষ্ট থাকতে হয়েছিল।

Más tarde se acostumbró un poco más a la forma de Gregor.
পরে সে গ্রেগরের ফর্মের সাথে আরও কিছুটা অভ্যস্ত হয়ে ওঠে।

Y se sintió un poco más libre para hacer más comentarios.
এবং সে আরও মন্তব্য করার জন্য একটু বেশি স্বাধীনতা অনুভব করল।

(Aunque nunca se acostumbraría del todo a él.)
(যদিও সে কখনোই তার সাথে পুরোপুরি অভ্যস্ত হবে না।)

Y entonces Gregor se sintió nuevamente hablado un poco más.
আর তারপর গ্রেগরের সাথে আবার একটু বেশি কথা হয়ে গেল।

Y captó lo que percibió como comentarios amistosos.
এবং তিনি বন্ধুত্বপূর্ণ মন্তব্য হিসেবে যা বুঝতে পেরেছিলেন তা বুঝতে পেরেছিলেন।

"Disfrutó su comida hoy" o "comió todo".
"সে আজ তার খাবার উপভোগ করেছে," অথবা "সে সবকিছু খেয়েছে।"

Pero eso fue sólo cuando hubo comido toda su comida.
কিন্তু সেটা তখনই হয়েছিল যখন সে তার সমস্ত খাবার খেয়ে ফেলেছিল।

Pero últimamente esto se está volviendo cada vez menos frecuente.

কিন্তু সম্প্রতি এটি ক্রমশ বিরল হয়ে উঠছে।

"Apenas tocaba la comida", decía ella con más frecuencia ahora.

"সে খুব একটা খাবার স্পর্শ করত না," সে এখন আরও বেশি করে বলতে লাগল।

Y había un toque de tristeza en su voz cada vez.

আর প্রতিবারই তার কণ্ঠে বিষণ্নতার ছোঁয়া ছিল।

Gregor no pudo escuchar ninguna otra noticia más directamente.

গ্রেগর এর চেয়ে সরাসরি আর কোনও খবর শুনতে পেল না।

Pero escuchó muchas noticias de las habitaciones contiguas.

কিন্তু সে পাশের ঘরগুলি থেকে অনেক খবর শুনতে পেল।

Al oír voces corrió hacia la puerta correspondiente.

যখন সে কিছু শব্দ শুনতে পেল, তখন সে দৌড়ে সংশ্লিষ্ট দরজার দিকে গেল।

Y apretó todo su cuerpo contra la puerta para escuchar.

আর সে তার সমস্ত শরীর দরজার সাথে চেপে ধরল শুনতে।

Todas las conversaciones le concernían de una manera u otra.

সমস্ত কথোপকথন তাকে কোন না কোনভাবে উদ্বিগ্ন করে তুলেছিল।

Incluso cuando el tema parecía ser sobre otra cosa.

এমনকি যখন বিষয়টি অন্য কিছু সম্পর্কে বলে মনে হয়েছিল।

Esta observación fue especialmente cierta en los primeros tiempos.

এই পর্যবেক্ষণটি বিশেষ করে প্রাথমিক দিনগুলিতে সত্য ছিল।

Durante cada comida repetían la misma discusión.

প্রতিটি খাবারের সময় তারা একই আলোচনার পুনরাবৃত্তি করত।

Todavía no estaban seguros de cómo comportarse a su alrededor.

তার আশেপাশে কীভাবে আচরণ করা উচিত তা নিয়ে তারা এখনও অনিশ্চিত ছিল।

Pero el mismo tema también se discutió entre comidas.

কিন্তু খাবারের মাঝেও একই বিষয় নিয়ে আলোচনা হয়েছিল।

Porque siempre había dos miembros de la familia en casa.
কারণ বাড়িতে সবসময় দুজন পরিবারের সদস্য থাকত।

Nadie quería quedarse solo en la casa.
কেউ একা ঘরে থাকতে চাইছিল না।

Pero dejar el piso vacío tampoco era una opción.
কিন্তু ফ্ল্যাটটি খালি রাখার প্রশ্নই ওঠে না।

La criada era la única que no estaba atada al apartamento.
একমাত্র কাজের মেয়েটিই অ্যাপার্টমেন্টে আবদ্ধ ছিল না।

Ella ya había pedido irse el primer día.
সে প্রথম দিনেই চলে যেতে বলেছিল।

Ella se puso de rodillas y pidió que la despidieran.
সে হাঁটু গেড়ে বসে বরখাস্ত করার জন্য অনুরোধ করল।

La familia no sabía cuánto sabía realmente la criada.
পরিবার জানত না যে দাসী আসলে কতটা জানত।

En ese momento ella no había visto más que nadie.
সেই পর্যায়ে সে অন্য কারো চেয়ে বেশি কিছু দেখেনি।

Lo sucedido todavía era un misterio para la familia.
যা ঘটেছিল তা এখনও পরিবারের কাছে রহস্যই রয়ে গেছে।

Pero un cuarto de hora después se despidió.
কিন্তু পনেরো ঘন্টা পরে সে বিদায় জানাল।

Y agradeció a la familia con lágrimas en los ojos.
আর সে চোখের জলে পরিবারকে ধন্যবাদ জানালো।

Pero en realidad les agradeció por haberla liberado.
কিন্তু সত্যিই সে তাকে মুক্তি দেওয়ার জন্য তাদের ধন্যবাদ জানিয়েছে।

Parecían haberle mostrado la mayor bondad.
মনে হচ্ছিল তারা তাকে সবচেয়ে বেশি দয়া দেখিয়েছে।

Incluso hizo un juramento sin que se lo pidieran.
এমনকি তিনি একটি শপথও করেছিলেন, তাকে তা করতে বলা হয়নি।

Dijo que no le contaría a nadie lo que había sucedido.
সে বললো যে কি হয়েছে তা সে কাউকে বলবে না।

Ahora la hermana tenía que cocinar junto con su madre.

এখন বোনকে তার মায়ের সাথে একসাথে রান্না করতে হতো।

Pero esto realmente no era un gran inconveniente.
কিন্তু এটা আসলে খুব একটা অসুবিধার বিষয় ছিল না।

Porque de todas formas los dos no comían casi nada.
কারণ তারা দুজন প্রায় কিছুই খায়নি।

Gregor escuchó una y otra vez la misma conversación.
বারবার গ্রেগর একই কথোপকথন শুনতে পেল।

Una persona le decía a otra que tenía que comer más.
একজন অন্যজনকে বলছিল যে তাদের আরও খেতে হবে।

Pero esa persona no recibió ninguna respuesta de la persona.
কিন্তু সেই ব্যক্তিটি তার কাছ থেকে কোন উত্তর পাননি।

"Gracias, tengo suficiente", o algo similar.
"ধন্যবাদ, আমার যথেষ্ট আছে", অথবা অনুরূপ কিছু।

Quizás ya no bebían nada tampoco.
হয়তো তারা আর কিছু পান করেনি।

La hermana a menudo le preguntaba a su padre si quería cerveza.
বোন প্রায়ই তার বাবাকে জিজ্ঞাসা করত যে সে বিয়ার চায় কিনা।

Y ella misma se ofreció calurosamente a ir a buscar la cerveza.
আর সে উষ্ণভাবে বিয়ারটি নিজেই আনার প্রস্তাব দিল।

El padre siempre permanecía en silencio ante su petición.
তার অনুরোধে বাবা সবসময় চুপ থাকতেন।

Así que la hermana tuvo que encontrar una manera de eliminar cualquier duda.
তাই বোনকে যেকোনো সন্দেহ দূর করার উপায় খুঁজে বের করতে হয়েছিল।

Y ella dijo que enviaría a la criada a buscar algo de cerveza.
আর সে বললো যে সে কাজের মেয়েকে বিয়ার আনতে পাঠাবে।

Pero entonces el padre finalmente dijo un gran y rotundo "no".
কিন্তু তারপর বাবা অবশেষে একটা বড় জোরে বললেন, "না"।

Luego ya no se volvió a mencionar el tema de tomar una cerveza.

তারপর তার বিয়ার খাওয়ার বিষয়টি আর উল্লেখ করা হয়নি।

Ya había explicado anteriormente la situación financiera.

তিনি আগেই আর্থিক পরিস্থিতি ব্যাখ্যা করেছিলেন।

De hecho, mencionó las finanzas el primer día.

আসলে, তিনি প্রথম দিনেই আর্থিক বিষয়ের কথা উল্লেখ করেছিলেন।

Les hizo saber perfectamente cuáles eran las perspectivas.

তিনি তাদের সম্ভাবনা সম্পর্কে ভালোভাবে অবগত করেছিলেন।

Su propio negocio se había derrumbado hacía unos cinco años.

প্রায় পাঁচ বছর আগে তার নিজের ব্যবসা ভেঙে পড়েছিল।

De vez en cuando se levantaba para abandonar la mesa.

মাঝে মাঝে সে টেবিল ছেড়ে যাওয়ার জন্য উঠে দাঁড়াত।

Y se dirigió a la caja registradora de su antiguo negocio.

আর সে তার পুরনো ব্যবসার ক্যাশ রেজিস্টারে গেল।

Había salvado la caja registradora por sentimentalismo.

আবেগপ্রবণতা থেকে সে ক্যাশ রেজিস্টারটি সংরক্ষণ করেছিল।

Gregor lo oyó abrir una cerradura pesada y complicada.

গ্রেগর শুনতে পেল সে একটা ভারী এবং জটিল তালা খুলছে।

Y sacó recibos y libros de la caja.

আর সে ক্যাশ বাক্স থেকে রসিদ আর বই বের করল।

Después de tomar los objetos volvió a cerrar la caja fuerte.

জিনিসপত্র নেওয়ার পর সে আবার টাকার বাক্সটি তালাবদ্ধ করে দিল।

Gregor no había tenido buenas noticias desde su encarcelamiento.

কারাবাসের পর থেকে গ্রেগর কোনও সুসংবাদ শোনেনি।

Pensó que el negocio había llevado a la quiebra a su padre.

সে ভেবেছিল ব্যবসাটি তার বাবাকে দেউলিয়া করে দিয়েছে।

El padre seguramente le había dado esa impresión a Gregor.

বাবা অবশ্যই গ্রেগরকে সেই ধারণা দিয়েছিলেন।

Y Gregor nunca le preguntó más sobre las finanzas.

আর গ্রেগর তাকে আর কখনও আর্থিক বিষয়ে জিজ্ঞাসা করেনি।

Gregor quería hacer todo lo posible para ayudar a la familia.
গ্রেগর পরিবারটিকে সাহায্য করার জন্য যথাসাধ্য করতে চেয়েছিলেন।

Quería ayudarlos a olvidar la desgracia empresarial.
তিনি তাদের ব্যবসায়িক দুর্ভাগ্য ভুলে যেতে সাহায্য করতে চেয়েছিলেন।

La quiebra que provocó la desesperanza más completa.
সেই দেউলিয়া অবস্থা যা সম্পূর্ণ হতাশার জন্ম দিয়েছে।

Así que empezó a trabajar con una pasión muy especial.
তাই সে খুব বিশেষ আবেগ নিয়ে কাজ শুরু করল।

Se había convertido en un vendedor ambulante casi de la noche a la mañana.
প্রায় রাতারাতি সে একজন ভ্রমণকারী বিক্রেতা হয়ে গিয়েছিল।

Antes de eso, sólo había trabajado como empleado con un salario bajo.
এর আগে সে কেবল একজন স্বল্প বেতনের কেরানি হিসেবে কাজ করত।

Ahora tenía oportunidades de ingresos completamente diferentes.
এখন তার কাছে সম্পূর্ণ ভিন্ন উপার্জনের সুযোগ ছিল।

Las ventas exitosas podrían convertirse inmediatamente en efectivo.
সফল বিক্রয় তাৎক্ষণিকভাবে নগদে রূপান্তরিত হতে পারে।

El dinero en efectivo, por supuesto, se paga con sus comisiones.
অবশ্যই নগদ অর্থ তার কমিশন থেকে দেওয়া হচ্ছে।

Ahora Gregor podía poner dinero en la mesa familiar.
এখন গ্রেগর পারিবারিক টেবিলে টাকা জমাতে সক্ষম হয়েছিল।

Y estaban asombrados y contentos con sus ganancias.
আর তারা তার উপার্জনে অবাক এবং খুশি হয়েছিল।

Pero esos tiempos hermosos no se repetirán nuevamente.
কিন্তু সেই সুন্দর সময়গুলো আর কখনোই ফিরে আসবে না।

Apenas se habían acostumbrado a esos buenos tiempos.
তারা এই ভালো সময়গুলোর সাথে সবেমাত্র অভ্যস্ত হয়েছে।

Cada día de pago la familia aceptaba el dinero con gratitud.

প্রতি বেতনের দিনে পরিবার কৃতজ্ঞতার সাথে টাকা গ্রহণ করত।

Y Gregor estaba igualmente feliz de entregar el dinero.
আর গ্রেগরও সমানভাবে খুশি হয়ে টাকাটা হস্তান্তর করলেন।

Pero el cálido afecto que recibía a cambio fue muriendo lentamente.
কিন্তু বিনিময়ে দেওয়া উষ্ণ স্নেহ ধীরে ধীরে মরে গেল।

Sólo su hermana permaneció tan cerca de Gregor como antes.
কেবল তার বোনই আগের মতো গ্রেগরের কাছে রয়ে গেল।

Ella, a diferencia de Gregor, tenía un profundo aprecio por la música.
গ্রেগরের মতো নয়, তার সঙ্গীতের প্রতি গভীর অনুরাগ ছিল।

Y ella sabía tocar el violín de una manera muy conmovedora.
আর সে খুব মর্মস্পর্শীভাবে বেহালা বাজাতে জানত।

Gregor planeó en secreto enviarla a la escuela de música.
গ্রেগর গোপনে তাকে সঙ্গীত বিদ্যালয়ে পাঠানোর পরিকল্পনা করেছিলেন।

Aún no había decidido cómo pagaría los gastos.
তিনি এখনও ঠিক করেননি যে তিনি কীভাবে খরচ বহন করবেন।

Pero de una forma u otra cubriría los costos.
কিন্তু কোনো না কোনোভাবে সে খরচ মেটাবে।

De vez en cuando Gregor y su familia hacían pequeños viajes.
মাঝেমধ্যে গ্রেগর এবং তার পরিবার শর্টস পরে ভ্রমণে যেত।

Gregor y su hermana abordaron este tema con frecuencia.
গ্রেগর এবং বোন প্রায়ই বিষয়টি উখাপন করতেন।

Pero sólo se mencionó como una idea maravillosa.
কিন্তু এটিকে কেবল একটি চমৎকার ধারণা হিসেবেই উল্লেখ করা হয়েছে।

Realmente no creían que el sueño pudiera realizarse.
তারা আসলে বিশ্বাসই করছিল না যে স্বপ্ন বাস্তবায়িত হতে পারে।

Y a los padres no les gustaban esas ambiciones fantasiosas.
আর বাবা-মায়েরা এই ধরণের কাল্পনিক উচ্চাকাঙ্ক্ষা পছন্দ করতেন না।

Incluso cuando el tema se planteó de manera muy inocente.

এমনকি যখন বিষয়টি খুব নির্দোষভাবে উত্থাপিত হয়েছিল।

Pero Gregor seguía pensando en la escuela de música.
কিন্তু গ্রেগর সঙ্গীত বিদ্যালয়ের কথা ভাবতে থাকলেন।

Y tenía pensado anunciar el regalo en Nochebuena.
আর সে বড়দিনের আগের দিন উপহারটি ঘোষণা করার পরিকল্পনা করেছিল।

Por supuesto, en su estado actual sería imposible.
অবশ্যই তার বর্তমান অবস্থায় এটা অসম্ভব হবে।

Pero ese tipo de pensamientos pasaban por su cabeza.
কিন্তু এই ধরণের চিন্তা তার মাথায় ঘুরপাক খাচ্ছিল।

Y tenía estos pensamientos mientras escuchaba a la familia.
আর পরিবারের কথা শুনে তার মনেও এমন চিন্তা আসছিল।

A veces se cansaba demasiado para seguir escuchándolos.
মাঝে মাঝে সে এত ক্লান্ত হয়ে পড়ত যে তাদের কথা শুনতেই পারত না।

Su cabeza cayó contra la puerta por el cansancio.
ক্লান্তিতে তার মাথা দরজার সাথে লেগে গেল।

Pero inmediatamente volvió a apoyar la cabeza contra la puerta.
কিন্তু সে তৎক্ষণাৎ আবার দরজার সাথে মাথা ঠুকল।

Porque incluso el ruido más leve se podía oír afuera.
কারণ বাইরে থেকে সামান্যতম শব্দও শোনা যেত।

Y cualquier ruido que hacía hacía que la familia se quedara en silencio.
আর সে যে কোনও শব্দ করলেই পরিবারটি চুপ হয়ে যেত।

"¿Qué está haciendo ahora?" preguntó el padre a la familia.
"সে এখন কী করছে?" বাবা পরিবারকে জিজ্ঞাসা করলেন।

Y fue a la puerta para comprobar qué era aquel ruido.
আর সে দরজার কাছে গেল কিসের আওয়াজ তা পরীক্ষা করার জন্য।

Y luego la conversación interrumpida se reanudó gradualmente.
এবং তারপর বিরতিপ্রাপ্ত কথোপকথন ধীরে ধীরে আবার শুরু হল।

Pero lo que dijo el padre sorprendió positivamente a todos.

কিন্তু বাবা যা ইতিবাচকভাবে বললেন তা সবাইকে অবাক করে দিল।

Gregor ahora conoció la verdadera situación de las finanzas.
গ্রেগর এখন আর্থিক অবস্থার প্রকৃত অবস্থা জানতে পেরেছে।

A pesar de todas las desgracias, hubo algo de buena suerte.
সমস্ত দুর্ভাগ্য সত্ত্বেও, কিছু সৌভাগ্য ছিল।

Aún quedaba allí una muy pequeña fortuna de los viejos tiempos.
পুরনো দিনের খুব সামান্য সম্পদ এখনও সেখানে ছিল।

El padre explicó las cosas, pero tuvo que repetirlas.
বাবা জিনিসগুলো ব্যাখ্যা করলেন, কিন্তু নিজেকে আবার বলতে হল।

Porque hacía tiempo que no se ocupaba de estas cosas.
কারণ সে অনেকদিন ধরে এই বিষয়গুলো মোকাবেলা করেনি।

Y porque la madre no entendía tales cosas.
আর কারণ মা এইসব জিনিস বুঝতেন না।

Los tipos de interés del banco habían subido un poco.
ব্যাংকের সুদের হার একটু বেড়ে গিয়েছিল।

El dinero intacto había aumentado más de lo esperado.
অস্পৃশ্য টাকা প্রত্যাশার চেয়েও বেশি বেড়েছে।

Además Gregor siempre les había dado sus ahorros.
তাছাড়া, গ্রেগর সবসময় তার সঞ্চয় তাদের দিয়ে দিতেন।

Sólo había conservado unos pocos florines para sí.
সে নিজের জন্য কেবল কয়েকটি গিল্ডার রেখেছিল।

Y su dinero aún no se había agotado por completo.
আর তার টাকাও পুরোপুরি শেষ হয়ে যায়নি।

En conjunto, este dinero se había acumulado hasta formar un pequeño capital.
এই টাকা একসাথে জমা হয়েছিল সামান্য পুঁজিতে।

Gregor, detrás de su puerta, asintió con entusiasmo ante la noticia.
দরজার আড়ালে গ্রেগর, খবরটি শুনে আগ্রহের সাথে মাথা নাড়ল।

Le agradó esta inesperada cautela y frugalidad.
এই অপ্রত্যাশিত সতর্কতা এবং মিতব্যয়িতা দেখে তিনি খুশি হলেন।

Los fondos sobrantes podrían haberse utilizado para pagar la deuda.
উদ্বৃত্ত তহবিল ঋণ পরিশোধের জন্য ব্যবহার করা যেত।

Entonces ya no le deberían nada al patrón.
তাহলে তারা আর বসের কাছে ঋণী থাকত না।

Y Gregor podría haber cambiado de trabajo mucho antes.
আর গ্রেগর আরও আগেই নতুন চাকরিতে চলে যেতে পারত।

Pero ahora la manera como el padre lo dispuso estaba mucho mejor.
কিন্তু বাবা যেভাবে ব্যবস্থা করেছিলেন তা এখন অনেক ভালো ছিল।

El dinero no era suficiente para vivir de los intereses.
সুদের টাকা দিয়ে জীবনধারণ করা সম্ভব ছিল না।

Y había que reservar algo de dinero para emergencias.
আর জরুরি অবস্থার জন্য কিছু টাকা আলাদা করে রাখতে হয়েছিল।

Sólo habría sido suficiente dinero para uno o dos años.
এটা মাত্র এক বা দুই বছরের জন্য যথেষ্ট টাকা হত।

Esto significaba que alguien tenía que ganar dinero para que pudieran vivir.
এর অর্থ ছিল তাদের বেঁচে থাকার জন্য কাউকে না কাউকে অর্থ উপার্জন করতে হবে।

El padre no estaba enfermo y era bastante fuerte.
বাবা অসুস্থ ছিলেন না, এবং তিনি যথেষ্ট শক্তিশালী ছিলেন।

Pero llevaba más de cinco años sin trabajo.
কিন্তু তিনি পাঁচ বছরেরও বেশি সময় ধরে কর্মহীন ছিলেন।

Y, debido a su edad, le quedaba poca confianza en sí mismo.
আর, বয়সের কারণে, তার আত্মবিশ্বাস খুব কমই অবশিষ্ট ছিল।

También había engordado mucho en los últimos tiempos.
সাম্প্রতিক সময়ে তার ওজনও অনেক বেড়ে গেছে।

Su vida siempre había sido ardua y sin éxito.
তার জীবন সবসময়ই কষ্টকর এবং ব্যর্থ ছিল।

Y éstas habían sido las primeras vacaciones que había tenido.

আর এটাই ছিল তার জীবনের প্রথম ছুটি।

Y sin estar ocupado se había vuelto bastante torpe.
আর ব্যস্ত না থাকায় সে বেশ আনাড়ি হয়ে পড়েছিল।

¿Sería mejor si la anciana madre ganara el dinero?
বৃদ্ধা মা যদি টাকাটা আয় করতেন, তাহলে কি ভালো হতো?

La anciana madre que sufría de asma.
বৃদ্ধা মা, যিনি হাঁপানিতে ভুগছিলেন।

La anciana madre que luchaba por subir las escaleras.
সেই বৃদ্ধা মা, যিনি সিঁড়ি বেয়ে উঠতে কষ্ট করছিলেন।

La anciana madre que pasaba el tiempo tumbada en el sofá.
সেই বৃদ্ধা মা যে সোফায় শুয়ে সময় কাটাচ্ছিলেন।

La anciana madre que prefería quedarse junto a la ventana.
যে বৃদ্ধা মা জানালার পাশে থাকতে পছন্দ করতেন।

Para poder recuperar el aliento cuando lo necesitara.
যাতে প্রয়োজনে সে নিঃশ্বাস নিতে পারে।

¿Sería mejor si la hermana joven ganara el dinero?
ছোট বোনটি যদি টাকাটা আয় করতো তাহলে কি ভালো হতো?

La hermana, que a sus diecisiete años era todavía apenas una niña.
বোনটি, যার বয়স সতেরো বছর, তখনও শিশু ছিল।

La hermana que sólo tuvo unos pocos placeres modestos.
যে বোনের কাছে সামান্য কিছু আনন্দ ছিল।

La hermana a quien le gustaba principalmente tocar el violín.
যে বোনটি মূলত বেহালা বাজানো উপভোগ করত।

Ella sabía que su anterior forma de vida era muy envidiable;
সে জানত যে তার পূর্বের জীবনযাত্রা খুবই ঈর্ষণীয় ছিল;

Vestirse bien, levantarse tarde, ayudar en la casa.
সুন্দর পোশাক পরা, দেরি করে ঘুম থেকে ওঠা, ঘরের কাজে সাহায্য করা।

La conversación a menudo giraba en torno a la necesidad de ganar dinero.

কথোপকথন প্রায়শই অর্থ উপার্জনের প্রয়োজনে পরিণত হত।

Gregor siempre era el primero en soltar la puerta.

গ্রেগর সবসময় প্রথমে দরজা খুলে দিত।

La conversación lo puso caliente de vergüenza y dolor.

কথোপকথন তাকে লজ্জা এবং দুঃখে উত্তপ্ত করে তুলেছিল।

Entonces se dejó caer en el refrescante sofá de cuero.

তাই সে ঠান্ডা চামড়ার সোফার উপর নিজেকে ঝাঁপিয়ে পড়ল।

Y a menudo pasaba el resto de la noche en el sofá.

আর সে প্রায়ই বাকি রাতটা সোফায় কাটাত।

Nunca durmió realmente en el sofá, ni tampoco por la noche.

সে আসলে কখনো সোফায় ঘুমাতো না, রাতেও ঘুমাতো না।

A menudo, simplemente se quedaba rascando el cuero durante horas y horas.

প্রায়শই সে ঘন্টার পর ঘন্টা চামড়া আঁচড়ে ফেলত।

Otras veces empujaba el sillón hacia la ventana.

অন্য সময় সে আর্মচেয়ারটা জানালার কাছে ঠেলে দিত।

Esto solo requirió un gran esfuerzo de su parte.

শুধু এই কাজের জন্যই তার অনেক প্রচেষ্টার প্রয়োজন ছিল।

El sillón le ayudó a subirse al alféizar de la ventana.

আর্মচেয়ারটি তাকে জানালার সিলের উপর হামাগুড়ি দিতে সাহায্য করেছিল।

Y desde allí pudo apoyarse en la ventana.

আর সেখান থেকে সে জানালার দিকে ঝুঁকে পড়তে সক্ষম হয়েছিল।

Solía sentir una gran sensación de libertad al hacer esto.

এটা করার সময় সে এক বিরাট স্বাধীনতা অনুভব করত।

Quizás estaba buscando algún viejo sentimiento liberador.

হয়তো সে পুরনো কোনো মুক্তির অনুভূতি খুঁজছিল।

Pero su visión no era tan nítida como solía ser.

কিন্তু তার দৃষ্টিশক্তি আগের মতো তীক্ষ্ণ ছিল না।

Las cosas a cierta distancia se veían borrosas e indistintas.

সামান্য দুরত্বে থাকা জিনিসগুলি ঝাপসা এবং অস্পষ্ট ছিল।

Ya no podía ver el hospital al otro lado de la calle.

রাস্তার ওপারে হাসপাতালটি আর দেখতে পাচ্ছিলেন না তিনি।

Antes había maldecido la vista, ahora quería verla.
আগে সে এই দৃশ্যকে অভিশাপ দিত, এখন সে এটি দেখতে চাইল।

Sabía que vivía en la tranquila y urbana Charlottenstrasse.
সে জানত যে সে শান্ত, শহুরে শার্লটেনস্ট্রাসে বাস করে।

Pero podría haber pensado que estaba mirando el desierto.
কিন্তু সে হয়তো ভেবেছিল সে মরুভূমির দিকে তাকিয়ে আছে।

Un páramo donde el cielo gris y la tierra gris se fusionaban.
এমন এক মরুভূমি যেখানে ধূসর আকাশ এবং ধূসর পৃথিবী মিশে গেছে।

La atenta hermana notó dos veces que la silla se había movido.
মনোযোগী বোন দুবার লক্ষ্য করলেন চেয়ারটি নড়ে গেছে।

Después de ordenar, empujó la silla hacia la ventana.
পরিষ্কার করার পর, সে চেয়ারটি আবার জানালার কাছে ঠেলে দিল।

Y a partir de ahora incluso dejó la ventana abierta.
আর এখন থেকে সে জানালার স্যাশটাও খোলা রেখেছিল।

Gregor realmente hubiera deseado poder hablar con su hermana.
গ্রেগরের সত্যিই খুব ইচ্ছা করছিল যদি সে তার বোনের সাথে কথা বলতে পারত।

Quería agradecerle por todo lo que hizo por él.
সে তার জন্য যা কিছু করেছে তার জন্য তাকে ধন্যবাদ জানাতে চেয়েছিল।

Entonces habría tolerado más fácilmente sus servicios.
তাহলে তিনি তাদের সেবা আরও সহজে সহ্য করতে পারতেন।

Pero tal como estaban las cosas, él sufrió por su ayuda.
কিন্তু পরিস্থিতি যেমন ছিল, তার সাহায্যের কারণে সে কষ্ট পেয়েছিল।

La hermana, por supuesto, intentó disimular la vergüenza.
বোন অবশ্যই লজ্জাটা ঢেকে দেওয়ার চেষ্টা করেছিল।

Y ella hizo todo lo posible para fingir que no se sentía agobiada.
আর সে তার যথাসাধ্য চেষ্টা করেছিল যেন সে বোঝা বোধ না করে।

Por supuesto, esto es algo que tenía que practicar primero.

অবশ্যই এটি এমন কিছু যা তাকে প্রথমে অনুশীলন করতে হয়েছিল।

Y cuanto más tiempo pasaba, mejor lo hacía.
আর যত সময় গড়িয়েছে, সে ততই ভালোভাবে কাজ করতে শুরু করেছে।

Pero a Gregor también se le dio más tiempo para ver su pretensión.
কিন্তু গ্রেগরকে তার ভান দেখার জন্য আরও সময় দেওয়া হয়েছিল।

Incluso su entrada a su habitación fue una prueba para él.
এমনকি তার ঘরে তার প্রবেশও তার জন্য এক অগ্নিপরীক্ষা ছিল।

Tan pronto como entró, corrió directamente a la ventana.
ভেতরে ঢোকার সাথে সাথে সে সোজা জানালার দিকে দৌড়ে গেল।

Ni siquiera se tomó el tiempo de cerrar la puerta.
সে দরজা বন্ধ করারও সময় নেয়নি।

Normalmente ella evitaba que todos vieran la habitación de Gregor.
সাধারণত সে গ্রেগরের ঘরটা সকলের নজর এড়িয়ে যেত।

Y abrió la ventana de golpe con manos apresuradas.
আর সে তাড়াহুড়ো করে হাত দিয়ে জানালাটা খুলে দিল।

Luego volvió a respirar como si se estuviera asfixiando.
তারপর সে আবার এমনভাবে শ্বাস নিল যেন তার দম বন্ধ হয়ে আসছে।

El aire que entraba era frío y ella respiraba profundamente.
বাতাসটা ঠান্ডা ছিল, আর সে গভীর নিঃশ্বাস ফেলল।

Pero aún así se quedó junto a la ventana por un rato.
কিন্তু তবুও সে কিছুক্ষণ জানালার পাশে রইল।

Con esta rutina asustaba a Gregor dos veces al día.
এই রুটিন দিয়ে সে দিনে দুবার গ্রেগরকে ভয় দেখাতো।

Mientras ella estaba en la habitación él temblaba debajo del sofá.
যখন সে ঘরে ছিল, তখন সে সোফার নীচে কাঁপছিল।

Él sabía que a ella le habría gustado ahorrarle esa terrible experiencia.
সে জানত যে সে তাকে এই অগ্নিপরীক্ষা থেকে রেহাই দিতে চাইবে।

Pero ella no podía estar en la habitación con la ventana cerrada.

কিন্তু জানালা বন্ধ করে সে ঘরে থাকতে পারল না।

Hubo una ocasión en que ella llegó un poco antes.

একবার সে একটু আগে এসেছিল।

Probablemente alrededor de un mes después de la transformación de Gregor.

সম্ভবত গ্রেগরের রূপান্তরের প্রায় এক মাস পরে।

Ella se había acostumbrado un poco a su nueva apariencia.

সে তার নতুন চেহারায় কিছুটা অভ্যস্ত হয়ে গিয়েছিল।

Así que ya no tenía por qué estar particularmente sorprendida.

তাই তার আর বিশেষভাবে হতবাক হওয়ার কোনও কারণ ছিল না।

Ella lo encontró todavía mirando por la ventana, inmóvil.

সে দেখতে পেল যে সে এখনও জানালার বাইরে তাকিয়ে আছে, স্থির।

Estaba en el lugar más horrible en el que podría haber estado.

সে এখন সবচেয়ে ভয়াবহ জায়গায় ছিল, যেখানে সে থাকতে পারত।

No le habría sorprendido si ella no hubiera entrado.

সে যদি ভেতরে না আসতো তাহলে সে অবাক হতো না।

Donde le impidió abrir la ventana.

যেখানে তাকে জানালা খুলতে বাধা দেওয়া হয়েছিল।

Ella salió rápidamente de la habitación y cerró la puerta.

সে দ্রুত ঘর থেকে বেরিয়ে গেল এবং দরজা বন্ধ করে দিল।

Un extraño podría haber llegado a todo tipo de conclusiones.

একজন অপরিচিত ব্যক্তি নানা ধরণের সিদ্ধান্তে আসতে পারতেন।

Quizás sólo estaba esperando la oportunidad de morderla.

হয়তো সে তাকে কামড়ানোর সুযোগের অপেক্ষায় ছিল।

Gregor, por supuesto, se escondió inmediatamente debajo del sofá.

অবশ্যই, গ্রেগর তৎক্ষণাৎ সোফার নিচে লুকিয়ে পড়ল।

Pero tuvo que esperar hasta el mediodía para que su hermana regresara.

কিন্তু তার বোনের ফিরে আসার জন্য তাকে দুপুর পর্যন্ত অপেক্ষা করতে হয়েছিল।

Y ella parecía mucho más inquieta que de costumbre.
আর তাকে তার স্বাভাবিক স্বভাবের চেয়ে অনেক বেশি অস্থির মনে হচ্ছিল।

Se dio cuenta de que verlo todavía era insoportable.
সে বুঝতে পারল যে তাকে দেখা এখনও অসহনীয়।

Verlo seguiría siendo insoportable para ella.
তাকে দেখা তার জন্য অসহনীয় হয়ে উঠছিল।

Probablemente no podría soportar ver ninguna parte de él.
সে সম্ভবত তার কোনও অংশ দেখতে সহ্য করতে পারছিল না।

Siempre sobresalía una pequeña parte de debajo del sofá.
সোফার নিচ থেকে সবসময় একটা ছোট্ট অংশ বেরিয়ে আসছিল।

Un día llevó una sábana sobre su espalda hasta el sofá.
একদিন সে তার পিঠে একটি বিছানার চাদর সোফায় নিয়ে গেল।

Quería evitar que ella viera cualquier parte de él.
সে তাকে তার শরীরের কোন অংশ দেখতে না দিতে চেয়েছিল।

Él dispuso la sábana de tal manera que todo él quedara oculto.
সে বিছানার চাদরটা এমনভাবে সাজিয়ে রাখল যাতে তার সব কিছু লুকিয়ে থাকে।

Incluso si se agachara no podría verlo.
সে যদি নিচুও হয়, তবুও সে তাকে দেখতে পাবে না।

Todo el esfuerzo le llevó a Gregor más de tres horas.
পুরো প্রচেষ্টাটি করতে গ্রেগরের তিন ঘন্টারও বেশি সময় লেগেছে।

Quizás pensó que la sábana era innecesaria.
সে হয়তো ভেবেছিল বিছানার চাদরটা অপ্রয়োজনীয়।

Ella habría sabido que él no quería la sábana.
সে জানত যে সে বিছানার চাদরটি চায় না।

Lo hacía para su comodidad, no para la suya propia.
সে এটা তার আরামের জন্য করছিল, নিজের জন্য নয়।

Y podría haber quitado la sábana si hubiera querido.

আর সে চাইলে বিছানার চাদরটা খুলে ফেলতে পারত।

Pero dejó la sábana donde Gregor la había puesto.
কিন্তু সে বিছানার চাদরটা গ্রেগর যেখানে রেখেছিল সেখানেই রেখে গেল।

Y Gregor incluso creyó haber captado una mirada de agradecimiento.
আর গ্রেগর ভেবেছিলো সে কৃতজ্ঞ দৃষ্টিতে তাকিয়ে আছে।

Había levantado suavemente la sábana con la cabeza.
সে বিছানার চাদরটা মাথা দিয়ে আলতো করে তুলেছিল।

Quería ver si a su hermana le gustaba el arreglo.
সে দেখতে চেয়েছিল যে তার বোনের এই ব্যবস্থাটি পছন্দ হয়েছে কিনা।

Las dos primeras semanas fueron las más difíciles para los padres.
প্রথম দুই সপ্তাহ বাবা-মায়ের জন্য সবচেয়ে কঠিন ছিল।

No pudieron animarse a entrar y verlo.
তারা ভেতরে এসে তাকে দেখার সাহস করতে পারল না।

Escuchó muchas de sus conversaciones en ese momento.
এই সময় তিনি তাদের অনেক কথোপকথন শুনতে পেলেন।

Reconocieron plenamente todo lo que hacía la hermana.
বোন যা করছিল তা তারা সম্পূর্ণরূপে স্বীকার করেছিল।

Aunque solían estar molestos con ella a menudo.
যদিও তারা প্রায়ই তার উপর বিরক্ত হতো।

Porque ella parecía ser una chica un tanto inútil.
কারণ তাকে কিছুটা অকেজো মেয়ে বলে মনে হয়েছিল।

Ahora eran ellos quienes esperaban al otro lado de la habitación.
এখন তারাই ঘরের অন্য পাশে অপেক্ষা করছিল।

Y fue ella quien entró en la habitación a hacer todo.
আর সে-ই ঘরে ঢুকে সবকিছু করত।

Tan pronto como salió quisieron saberlo todo.
সে বেরিয়ে আসার সাথে সাথেই তারা সবকিছু জানতে চাইল।

Tenía que decirles exactamente cómo era la habitación.

তাকে তাদের বলতে হয়েছিল যে ঘরটি কেমন দেখাচ্ছে।

¿Qué comió Gregor? ¿Cómo se comportó esta vez?
"গ্রেগর কী খেয়েছিল? এবার সে কেমন আচরণ করেছিল?"

"¿Quizás se notó una ligera mejoría?"
"সম্ভবত কি সামান্য উন্নতি লক্ষ্য করা যায়?"

La madre, por cierto, fue en realidad más valiente.
যাইহোক, মা আসলে আরও সাহসী ছিলেন।

Y por supuesto, era su propio hijo el que estaba dentro de la habitación.
আর অবশ্যই ঘরের ভেতরে তার নিজের ছেলে ছিল।

En realidad quería visitar a Gregor relativamente pronto.
সে আসলে অপেক্ষাকৃত শীঘ্রই গ্রেগরের সাথে দেখা করতে চেয়েছিল।

Pero al principio el padre y la hermana la frenaron.
কিন্তু বাবা এবং বোন প্রথমে তাকে আটকে রেখেছিলেন।

Le dieron argumentos muy racionales para que no fuera.
তারা তার না যাওয়ার পক্ষে খুবই যুক্তিসঙ্গত যুক্তি দিয়েছিল।

Gregor escuchó con mucha atención sus razonamientos.
গ্রেগর তাদের যুক্তি খুব মনোযোগ সহকারে শুনলেন।

Y él aceptó el razonamiento tanto como su madre.
এবং সে তার মায়ের মতোই যুক্তি মেনে নিয়েছিল।

Pero más tarde hubo que retenerla por la fuerza.
পরে অবশ্য তাকে জোর করে আটকে রাখতে হয়েছিল।

"¡Déjame entrar con Gregor, es mi desdichado hijo!"
"আমাকে গ্রেগরের কাছে ভেতরে যেতে দাও, সে আমার দুর্ভাগা ছেলে!"

-¿No entiendes que tengo que ir a verlo?
"তুমি কি বুঝতে পারছো না যে আমাকে তার সাথে দেখা করতে যেতে হবে?"

Gregor también se dejó convencer por los argumentos de su madre.
গ্রেগরও তার মায়ের যুক্তিতে রাজি হয়েছিলেন।

Quizás tenía razón: sería bueno que entrara.
হয়তো সে ঠিকই বলেছে; সে যদি ভেতরে আসতো তাহলে ভালো হতো।

Venir a verlo todos los días sería demasiado.
প্রতিদিন তাকে দেখে মনে হওয়াটা অনেক বেশি হবে।

Pero verlo una vez a la semana podría ser suficiente.
কিন্তু সপ্তাহে একবার তার সাথে দেখা করাই যথেষ্ট হতে পারে।

Ella podría entender las cosas mucho mejor que la hermana.
সে হয়তো বোনের চেয়ে অনেক ভালো কিছু বুঝতে পারে।

A pesar de todo su coraje, ella todavía era sólo una niña.
তার সমস্ত সাহস থাকা সত্ত্বেও, সে তখনও শিশু ছিল।

Quizás la imprudencia infantil la impulsó a aceptar esa tarea.
হয়তো শিশুসুলভ বেপরোয়া মনোভাবই তাকে এই দায়িত্ব নিতে বাধ্য করেছে।

Pero el deseo de Gregor de ver a su madre pronto se hizo realidad.
কিন্তু গ্রেগরের মাকে দেখার ইচ্ছা শীঘ্রই পূরণ হলো।

Durante el día Gregor se mantenía alejado de la ventana.
দিনের বেলায় গ্রেগর জানালা থেকে দূরে থাকত।

Lo hizo por consideración a sus padres.
সে তার বাবা-মায়ের কথা ভেবেই এটা করেছিল।

No tenía mucho espacio para arrastrarse por el suelo.
মেঝেতে হামাগুড়ি দেওয়ার মতো খুব বেশি জায়গা তার ছিল না।

Le resultaba difícil permanecer quieto durante la noche.
রাতে চুপ করে শুয়ে থাকতে তার কষ্ট হচ্ছিল।

Comer ya no le producía el más mínimo placer.
খাওয়া আর তাকে সামান্যতম আনন্দ দিল না।

Por supuesto que tenía que encontrar alguna manera de distraerse.
অবশ্যই তাকে নিজেকে বিভ্রান্ত করার জন্য কিছু উপায় খুঁজে বের করতে হয়েছিল।

Para entretenerse se arrastraba por las paredes.
নিজেকে বিনোদন দেওয়ার জন্য সে দেয়াল বেয়ে উপরে-নিচে হামাগুড়ি দিত।

Y también se arrastró por el techo, boca abajo.
আর সে ছাদের উপর দিয়ে হামাগুড়ি দিয়ে উপরে-নিচে হেঁটে গেল।

Estaba especialmente feliz cuando colgaba del techo.
সে যখন ছাদ থেকে ঝুলছিল তখন বিশেষভাবে খুশি হয়েছিল।

Fue completamente diferente a estar tendido en el suelo.
মেঝেতে শুয়ে থাকার চেয়ে এটা সম্পূর্ণ আলাদা ছিল।

Le resultó mucho más fácil respirar en esta posición.
এই অবস্থানে শ্বাস নিতে তার অনেক সুবিধা হলো।

Una ligera pero agradable vibración recorrió su cuerpo.
তার শরীরে একটা হালকা কিন্তু মনোরম কম্পন বয়ে গেল।

A veces incluso se relajaba demasiado en su felicidad.
মাঝে মাঝে সে তার সুখের মধ্যে খুব বেশি স্বস্তি পেত।

A veces se distraía y se soltaba del techo.
সে মাঝে মাঝে বিভ্রান্ত হয়ে ছাদ ছেড়ে দিত।

Y para su propia sorpresa, aterrizó de nuevo en el suelo.
এবং অবাক করে দিয়ে সে আবার মাটিতে পড়ে গেল।

Pero tenía mucho mejor control de su cuerpo que antes.
কিন্তু আগের তুলনায় তার শরীরের উপর অনেক ভালো নিয়ন্ত্রণ ছিল।

Para que ahora no se haga daño con caídas tan fuertes.
তাই এখন এত বড় পতনের ফলে সে নিজেকে আহত করেনি।

La hermana notó inmediatamente el nuevo placer de Gregor.
বোন তৎক্ষণাৎ গ্রেগরের নতুন আনন্দ লক্ষ্য করল।

Y había restos de adhesivo donde se había arrastrado.
আর যেখানে সে হামাগুড়ি দিয়েছিল সেখানে আঠালো পদার্থের চিহ্ন ছিল।

Aquí nuevamente la hermana pensó en el bienestar de Gregor.
এখানে আবার বোন গ্রেগরের সুস্থতার কথা ভাবলেন।

Quizás apreciaría más espacio para gatear.
হয়তো সে আরও জায়গা পেলে খুশি হবে।

Y la idea se instaló firmemente en su cabeza.
আর ধারণাটি তার মাথায় দৃঢ়ভাবে গেঁথে গেল।

Algunos de los muebles de gran tamaño impedían su libre movimiento.

কিছু বড় আসবাবপত্র তার অবাধ চলাচলে বাধা সৃষ্টি করছিল।

Ya no trabajaba así que no necesitaba el escritorio.

সে আর কাজ করত না, তাই তার ডেস্কের কোন প্রয়োজন ছিল না।

Y la caja ocupaba más espacio del necesario. ***

আর বাক্সটি প্রয়োজনের তুলনায় বেশি জায়গা দখল করেছে। ***

La hermana no era capaz de mover estas cosas sola.

বোন একা এই জিনিসগুলো সরাতে পারছিল না।

Por supuesto que no se atrevió a pedirle ayuda al padre.

অবশ্যই সে বাবার কাছে সাহায্য চাইতে সাহস করেনি।

La criada seguramente tampoco la habría ayudado.

দাসীটিও অবশ্যই তাকে সাহায্য করত না।

La nueva criada era de hecho un año más joven que ella.

নতুন কাজের মেয়েটি আসলে তার থেকে এক বছরের ছোট ছিল।

Ella había asumido valientemente el papel de ex sirvienta.

সে সাহসের সাথে প্রাক্তন দাসীর ভূমিকা গ্রহণ করেছিল।

Pero había un privilegio que ella insistía en tener.

কিন্তু একটা সুযোগ ছিল যা সে পাওয়ার জন্য জোর দিয়েছিল।

Ella quería mantener la cocina cerrada en todo momento.

সে সবসময় রান্নাঘর তালাবদ্ধ রাখতে চাইত।

Así que la hermana no tuvo más remedio que preguntarle a su madre.

তাই বোনের কাছে তার মাকে জিজ্ঞাসা করা ছাড়া আর কোন উপায় ছিল না।

Con gritos de emocionada alegría la madre acudió a ayudar.

আনন্দের চিৎকারে মা সাহায্য করতে এগিয়ে এলেন।

Pero ella se quedó en silencio en la puerta de la habitación de Gregor.

কিন্তু গ্রেগরের ঘরের দরজায় সে চুপ করে রইল।

La hermana comprobó que todo en la habitación estuviera bien.

বোন পরীক্ষা করে দেখল ঘরের সবকিছু ঠিক আছে কিনা।

Gregor había tirado apresuradamente la sábana aún más fuerte.
গ্রেগর তাড়াহুড়ো করে বিছানার চাদরটা আরও শক্ত করে টেনে নিল।

Aunque la sábana todavía parecía colocada al azar.
যদিও বিছানার চাদরটি এখনও এলোমেলোভাবে সাজানো দেখাচ্ছিল।

Y sólo entonces dejó que su madre entrara en la habitación.
আর তখনই সে তার মাকে ঘরে ঢুকতে দিল।

Gregor también se abstuvo de espiar desde debajo de la sábana.
গ্রেগর চাদরের নিচ থেকে গুপ্তচরবৃত্তি করা থেকেও বিরত ছিলেন।

Decidió no volver a ver a su madre esta vez.
সে এবার তার মায়ের সাথে দেখা না করার সিদ্ধান্ত নিল।

Gregor estaba muy contento de que ella hubiera entrado.
গ্রেগর যথেষ্ট খুশি হয়েছিল যে সে আদৌ ভেতরে আসতে পেরেছে।

"Pasa, no puedes verlo", dijo la hermana.
"ভেতরে এসো, তুমি তাকে দেখতে পাচ্ছ না," বোন বলল।

Gregor supuso que ella llevaba a su madre de la mano.
গ্রেগর ধরে নিল যে সে তার মায়ের হাত ধরে নিয়ে গেছে।

Entonces escuchó a las dos mujeres débiles moviendo los muebles.
তারপর সে শুনতে পেল দুই দুর্বল মহিলা আসবাবপত্র সরাতেছে।

La hermana parecía reclamar la mayor parte del trabajo para ella misma.
মনে হচ্ছিল বোনটি বেশিরভাগ কাজ নিজের জন্য দাবি করছে।

Su madre temía que se esforzara demasiado.
তার মা ভয় পেয়েছিলেন যে সে অতিরিক্ত পরিশ্রম করবে।

Pero la hermana no hizo caso a estas advertencias.
কিন্তু বোন এই সতর্কবাণীগুলিতে কোনও মনোযোগ দেননি।

Pero incluso después de quince minutos el progreso era muy lento.
কিন্তু পনের মিনিট পরেও অগ্রগতি খুবই ধীর ছিল।

No habían conseguido mover los muebles muy lejos.

তারা আসবাবপত্র খুব বেশি দূরে সরাতে পারেনি।

Poco a poco empezaron a sentir una sensación de derrota.
তারা ধীরে ধীরে পরাজয়ের অনুভূতি অনুভব করতে শুরু করেছিল।

La madre fue la primera en admitir la inutilidad.
মা-ই প্রথম এই অসারতার কথা স্বীকার করলেন।

"Quizás sería mejor dejar la caja aquí."
"হয়তো বাক্সটা এখানে রেখে দেওয়াই ভালো হবে।"

"La caja es demasiado pesada para que podamos moverla mucho más lejos".
"বাক্সটা এত ভারী যে আমরা আর বেশিদূর এগোতে পারছি না।"

"Y no terminaremos antes de que llegue tu padre."
"আর তোমার বাবা আসার আগে আমরা শেষ করব না।"

Dejar la caja aquí le bloquearía aún más el camino.
"বাক্সটা এখানে রেখে দিলে তার পথ আরও বেশি বন্ধ হয়ে যাবে।"

"¿Y podemos estar seguros de que le estamos haciendo un favor?"
"আর আমরা কি নিশ্চিত হতে পারি যে আমরা তার প্রতি কোন উপকার করছি?"

Comenzaron a pensar que bien podría ser cierto lo opuesto.
তারা ভাবতে শুরু করল যে এর বিপরীতটাও সত্য হতে পারে।

La visión de la pared vacía pesó mucho en su corazón.
খালি দেয়ালটা দেখে তার হৃদয় ভারী হয়ে উঠল।

¿Quién diría que Gregor no se sentiría así también?
গ্রেগরেরও কি এমনটা মনে হবে না?

"Ya está acostumbrado a los muebles de su habitación."
"সে ইতিমধ্যেই তার ঘরের আসবাবপত্রের সাথে অভ্যস্ত।"

"Podría sentirse aún más abandonado en una habitación vacía".
"একটি খালি ঘরে সে আরও বেশি পরিত্যক্ত বোধ করতে পারে।"

Para entonces su voz se había reducido casi a un susurro.
এতক্ষণে তার কণ্ঠস্বর প্রায় ফিসফিস করে নেমে এসেছিল।

En realidad no sabía el paradero exacto de Gregor.

সে আসলে গ্রেগরের সঠিক অবস্থান জানত না।

Ella no quería ni siquiera que él escuchara el sonido de su voz.
সে চাইছিল না যে সে তার কণ্ঠস্বরও শুনতে পাক।

Aunque ella estaba segura de que él no la entendía.
যদিও সে নিশ্চিত ছিল যে সে তাকে বুঝতে পারেনি।

"¿No parecería como si lo hubiéramos abandonado por completo?"
"এটা কি মনে হচ্ছে না যে আমরা তার উপর পুরোপুরি হাল ছেড়ে দিয়েছি?"

"¿No sentirá que lo estamos dejando solo?"
"তার কি মনে হবে না যে আমরা তাকে একা সামলাতে ছেড়ে দিচ্ছি?"

"Deberíamos dejar la habitación exactamente como estaba".
"আমাদের ঘরটি ঠিক যেমন ছিল তেমনই ছেড়ে দেওয়া উচিত।"

"Al final Gregor volverá con nosotros como antes."
"অবশেষে গ্রেগর আমাদের কাছে ফিরে আসবে যেমন সে ছিল।"

"Entonces encontrará que todo sigue en su lugar."
"তারপর সে দেখতে পাবে সবকিছু তার জায়গায় আছে।"

"Y olvidará mucho más fácilmente el período interino".
"এবং সে অন্তর্বর্তীকালীন সময়কাল অনেক সহজেই ভুলে যাবে।"

Cuando Gregor escuchó estas palabras se dio cuenta de algo.
এই কথাগুলো শুনে গ্রেগর কিছু একটা বুঝতে পারল।

Su mente se había vuelto confusa durante los últimos dos meses.
গত দুই মাস ধরে তার মন অশান্ত হয়ে পড়েছিল।

La falta de interacción humana no había sido buena para él.
মানুষের সাথে যোগাযোগের অভাব তার জন্য ভালো ছিল না।

Realmente necesitaba la vida monótona en medio de su familia.
তার পরিবারের মধ্যে একঘেয়ে জীবন সত্যিই তার প্রয়োজন ছিল।

¿Por qué si no habría hecho una exigencia tan absurda?
নইলে কেন তিনি এমন অর্থহীন দাবি করতেন?

¿Qué sentido tenía vaciar su habitación?
তার ঘর খালি করার কী কোন যুক্তি ছিল?

La cómoda habitación amueblada con muebles heredados.
আরামদায়ক ঘরটি উত্তরাধিকারসূত্রে পাওয়া আসবাবপত্র দিয়ে সজ্জিত।

¿Por qué querría convertir ese calor conocido en una cueva?
কেন সে এই পরিচিত উষ্ণতাকে গুহায় পরিণত করতে চাইবে?

Una cueva donde poder arrastrarse en todas direcciones en paz.
এমন একটি গুহা যেখানে সে শান্তিতে সব দিকে হামাগুড়ি দিতে পারত।

Pero una cueva en la que olvidó rápidamente su pasado humano.
কিন্তু এমন একটি গুহা যেখানে সে দ্রুত তার মানব অতীত ভুলে গেল।

Tuvo que preguntarse si ya estaba cerca de olvidar.
তাকে ভাবতে হয়েছিল যে সে কি ইতিমধ্যেই ভুলে যাওয়ার কাছাকাছি ছিল।

La voz de su madre lo había sacudido y lo había hecho recordar.
তার মায়ের কণ্ঠস্বর তাকে স্মরণ করতে নাড়া দিয়েছিল।

La voz que no había oído durante tanto tiempo.
যে কণ্ঠস্বর সে এতদিন শোনেনি।

No había que quitar nada, todo tenía que quedar.
কিছুই অপসারণ করা উচিত নয়; সবকিছুই থাকতে হবে।

Los muebles influyeron positivamente en su condición.
আসবাবপত্র তার অবস্থার উপর ইতিবাচক প্রভাব ফেলেছিল।

Y no podría vivir sin este ancla en el pasado.
আর অতীতের এই নোঙর ছাড়া সে মানিয়ে নিতে পারত না।

Los muebles impedían que se arrastrara sin sentido.
আসবাবপত্র তার অজ্ঞানভাবে ঘুরে বেড়াতে বাধা দিল।

Pero eso no fue una pérdida, sino más bien una gran ventaja.
কিন্তু তাতে কোনও ক্ষতি ছিল না; বরং, এটি ছিল একটি বিরাট সুবিধা।

Lamentablemente la hermana tenía una opinión muy diferente.

দুর্ভাগ্যবশত বোনের মতামত একেবারেই ভিন্ন ছিল।

Ella se había convertido en una especie de portavoz de Gregor.

সে কিছুটা গ্রেগরের মুখপাত্র হয়ে উঠেছিল।

Por supuesto que su opinión no era del todo injustificada.

অবশ্যই তার মতামত সম্পূর্ণরূপে অযৌক্তিক ছিল না।

Pero aquí la opinión de su madre tuvo que ser contradicha.

কিন্তু এখানে তার মায়ের মতামতের বিরোধিতা করতে হয়েছিল।

Ahora no era solo la caja la que había que retirar.

এখন কেবল বাক্সটিই সরাতে হয়নি।

Ni su escritorio ni el armario podían permanecer allí.

তার ডেস্ক এবং আলমারিটিও টিকে থাকতে পারল না।

Lo único imprescindible era el sofá.

একমাত্র অপরিহার্য জিনিস ছিল সোফা।

Ella no decidió esto sólo por desafío infantil.

সে কেবল শিশুসুলভ অবাধ্যতার কারণে এটি সিদ্ধান্ত নেয়নি।

Tampoco fue su recientemente adquirida confianza en sí misma.

এটা তার সম্প্রতি অর্জিত আত্মবিশ্বাসও ছিল না।

La nueva confianza que tuvo que trabajar muy duro para ganar.

নতুন আত্মবিশ্বাস জেতার জন্য তাকে অনেক পরিশ্রম করতে হয়েছে।

Aunque nadie esperaba que ella pudiera hacerlo.

যদিও কেউ আশা করেনি যে সে এটা করতে পারবে।

Gregor realmente necesitaba mucho espacio para gatear.

গ্রেগরের হামাগুড়ি দেওয়ার জন্য সত্যিই অনেক জায়গার প্রয়োজন ছিল।

Los muebles sólo limitaban el espacio del que disponía.

আসবাবপত্র কেবল তার খালি ঘর পর্যন্ত সীমাবদ্ধ ছিল।

Ella podía ver estas cosas mejor que la madre.

সে এই জিনিসগুলো মায়ের চেয়ে ভালো দেখতে পেত।

Pero quizá su espíritu romántico también jugó un papel.

কিন্তু সম্ভবত তার রোমান্টিক চেতনাও এতে ভূমিকা পালন করেছিল।

Las niñas de esa edad suelen desarrollar cierto entusiasmo.
এই বয়সের মেয়েরা প্রায়শই এক ধরণের উৎসাহ অনুভব করে।

Y sienten la necesidad de salirse con la suya siempre que pueden.
এবং তারা যখনই সম্ভব তাদের পথ খুঁজে বের করার প্রয়োজন অনুভব করে।

Quizás por eso quería sabotearlo en secreto.
হয়তো এই কারণেই সে গোপনে তাকে নাশকতা করতে চেয়েছিল।

Es aún más aterrador cuando se arrastra por las paredes.
সে যখন দেয়ালে হামাগুড়ি দেয় তখন আরও ভয়ঙ্কর লাগে।

Los padres ya no se atrevían a entrar en la habitación.
বাবা-মা আর ঘরে ঢুকতে সাহস পাবে না।

Ella realmente sería la única cuidadora de su hermano.
সে সত্যিই তার ভাইয়ের একমাত্র তত্ত্বাবধায়ক হবে।

Ella no dejó que su madre la persuadiera de lo contrario.
সে তার মাকে অন্যথায় রাজি করাতে দেয়নি।

La madre de Gregor ya se sentía incómoda en la habitación.
গ্রেগরের মা ইতিমধ্যেই ঘরে অস্বস্তি বোধ করছিলেন।

Pronto dejó de hablar y ayudó nuevamente a su hija.
সে শীঘ্রই কথা বলা বন্ধ করে দিল এবং আবার তার মেয়েকে সাহায্য করল।

Con las fuerzas que les quedaban retiraron el armario.
তাদের অবশিষ্ট শক্তি দিয়ে তারা পোশাকটি সরিয়ে ফেলল।

La cómoda era algo de lo que podía prescindir.
ড্রয়ারের বাক্সটা ছাড়া সে চলতে পারত।

Pero el escritorio tendría que quedarse allí por el momento.
কিন্তু ডেস্কটি আপাতত সেখানেই থাকার কথা ছিল।

Mientras las mujeres estaban ausentes, trató de evaluar la habitación.
মহিলারা যখন চলে যাচ্ছিলেন, তখন তিনি ঘরটি মূল্যায়ন করার চেষ্টা করলেন।

Y Gregor asomó la cabeza por debajo del sofá.

আর গ্রেগর সোফার নিচ থেকে মাথা বের করল।

Tenía que ver qué podía hacer con la situación.
পরিস্থিতি সম্পর্কে তিনি কী করতে পারেন তা তাকে দেখতে হবে।

Pero fue lo más cuidadoso y considerado posible.
কিন্তু তিনি যথাসম্ভব সতর্ক এবং বিবেচক ছিলেন।

Desgraciadamente fue la madre quien regresó primero.
দুর্ভাগ্যবশত মা প্রথমে ফিরে এসেছিলেন।

Grete todavía estaba moviendo el armario en la habitación de al lado.
গ্রেট তখনও পাশের ঘরে আলমারিটা সরাচ্ছিল।

Pero la madre no estaba acostumbrada a ver a Gregor.
কিন্তু মা গ্রেগরকে দেখার সাথে অভ্যস্ত ছিলেন না।

Incluso un simple vistazo a él podría haberla enfermado.
তার এক ঝলকও তাকে অসুস্থ করে তুলতে পারত।

Gregor se apresuró a retroceder hasta el otro extremo del sofá.
গ্রেগর দ্রুত পিছন দিকে সোফার শেষ প্রান্তে চলে গেল।

Pero no podía retroceder y equilibrar la sábana.
কিন্তু সে পিছনে সরে বিছানার চাদর ভারসাম্য রাখতে পারল না।

El movimiento fue suficiente para llamar la atención de la madre.
মায়ের দৃষ্টি আকর্ষণ করার জন্য নড়াচড়াটি যথেষ্ট ছিল।

Ella hizo una pausa y se quedó muy quieta por un breve momento.
সে থামল, এবং কিছুক্ষণের জন্য খুব স্থির হয়ে দাঁড়াল।

Luego se dio la vuelta y salió de la habitación.
তারপর সে ঘুরে দাঁড়ালো, এবং ঘর থেকে বেরিয়ে গেল।

Gregor seguía diciéndose a sí mismo que no había ocurrido nada inusual.
গ্রেগর নিজেকে বারবার বলতে লাগলো যে অস্বাভাবিক কিছু ঘটেনি।

"Son sólo algunos muebles que se han llevado".
"শুধু কিছু আসবাবপত্র কেড়ে নেওয়া হয়েছে।"

Pero pronto tuvo que admitir que los acontecimientos le afectaron.
কিন্তু শীঘ্রই তাকে স্বীকার করতে হয়েছিল যে ঘটনাগুলি তাকে প্রভাবিত করেছিল।

Las mujeres habían estado diciendo todo lo que estaban haciendo.
মহিলারা তাদের যা কিছু করছিল সবই বলছিলেন।

Habían estado caminando de un lado a otro por la habitación.
তারা ঘরের মধ্যে এদিক-ওদিক হেঁটে যাচ্ছিল।

El rayado de todos los muebles en el suelo.
মেঝেতে থাকা সমস্ত আসবাবপত্রের আঁচড়।

Se sentía como si lo atacaran desde todos lados.
তার মনে হচ্ছিল যেন চারদিক থেকে তাকে আক্রমণ করা হচ্ছে।

Apretó la cabeza y las piernas lo más fuerte que pudo.
সে যতটা সম্ভব শক্ত করে তার মাথা এবং পা টেনে ভেতরে ধরল।

Con todas sus fuerzas presionó su cuerpo contra el suelo.
সমস্ত শক্তি দিয়ে সে তার শরীর মাটিতে চেপে ধরল।

Sabía que no podría soportar todo esto por mucho más tiempo.
সে জানত যে সে আর বেশিদিন এই সব সহ্য করতে পারবে না।

Vaciaron su habitación y se llevaron todo lo que amaba.
তারা তার ঘর পরিষ্কার করে দিল এবং তার প্রিয় সবকিছু নিয়ে গেল।

Ya se habían llevado la caja que contenía todas sus herramientas.
তারা ইতিমধ্যেই তার সমস্ত সরঞ্জাম সম্বলিত বাক্সটি নিয়ে গিয়েছিল।

Ahora estaban aflojando su pesado escritorio del suelo.
এখন তারা তার ভারী ডেস্কটি মাটি থেকে আলগা করছিল।

El escritorio en el que había trabajado después de regresar del trabajo.
কাজ থেকে ফিরে আসার পর যে ডেস্কে সে কাজ করত।

El escritorio en el que había escrito sus tareas comerciales.
যে ডেস্কে সে তার ব্যবসায়িক কাজ লিখে রেখেছিল।

El escritorio en el que había hecho sus deberes en la escuela secundaria.

মাধ্যমিক বিদ্যালয়ে যে ডেস্কে সে তার হোমওয়ার্ক করেছিল।

Sí, ya había tenido este pupitre en la escuela primaria.

ইঁয়া, প্রাথমিক বিদ্যালয়ে তার কাছে এই ডেস্কটি আগেই ছিল।

Realmente no tuvo tiempo de confirmar sus buenas intenciones.

তাদের ভালো উদ্দেশ্য নিশ্চিত করার জন্য তার কাছে আসলেই সময় ছিল না।

Aunque ya casi había olvidado que estaban allí.

যদিও সে প্রায় ভুলেই গিয়েছিল যে তারা সেখানে আছে।

Porque trabajaban en silencio, por el cansancio.

কারণ তারা ক্লান্তির কারণে নীরবে কাজ করছিল।

Estaban demasiado cansados para anunciar sus movimientos ahora.

তারা এতটাই ক্লান্ত ছিল যে এখন তাদের আন্দোলনের কথা ঘোষণা করতে পারছিল না।

Lo único que oyó fueron sus pesados pasos en el suelo.

সে শুধু মেঝেতে তাদের ভারী পায়ের শব্দ শুনতে পেল।

Justo en ese momento estaban apoyados sobre la caja.

ঠিক সেই মুহূর্তে তারা বাক্সের দিকে ঝুঁকে পড়ল।

Y entonces Gregor salió de debajo del sofá.

আর ঠিক তখনই গ্রেগর সোফার নিচ থেকে বেরিয়ে এলো।

Cambió la dirección en la que corría cuatro veces.

সে চারবার তার দৌড়ের দিক পরিবর্তন করেছে।

No podía decidir qué elemento debía salvarse primero.

কোন জিনিসটি আগে সংরক্ষণ করা উচিত তা সে ঠিক করতে পারছিল না।

De repente su atención se dirigió a la pared vacía.

হঠাৎ তার দৃষ্টি পড়ল খালি দেয়ালের দিকে।

Lo único que le quedó fue la fotografía de la dama con pieles.

তাদের কাছে কেবল পশম পরা মহিলার ছবিই ছিল।

Se arrastró hasta la imagen para presionar su cuerpo contra el de ella.

সে তার শরীরটা ছবির সাথে চেপে ধরার জন্য হামাগুড়ি দিয়ে ছবির কাছে গেল।

Y su cuerpo cubrió completamente la vista de la imagen.

আর তার শরীর ছবির দৃশ্য সম্পূর্ণরূপে ঢেকে ফেলেছিল।

El vaso lo sostuvo y reconfortó su vientre caliente.

গ্লাসটি তাকে তুলে ধরল, এবং তার গরম পেটকে সান্ত্বনা দিল।

Esta fotografía ya no se la pudieron quitar.

এই ছবিটি আর তার কাছ থেকে তোলা সম্ভব হয়নি।

Luego giró la cabeza hacia la puerta de la sala de estar.

তারপর সে বসার ঘরের দরজার দিকে মাথা ঘুরিয়ে নিল।

Iba a observar mientras las mujeres regresaban a la habitación.

সে দেখতে যাচ্ছিল কখন মহিলারা ঘরে ফিরে আসবে।

Y no descansaron mucho antes de regresar nuevamente.

আর তারা আবার ফিরে আসার আগে খুব বেশিক্ষণ বিশ্রাম নেয়নি।

El brazo de Grete rodeaba a su madre para ayudarla a caminar.

গ্রেটের হাত তার মায়ের চারপাশে ছিল যাতে সে হাঁটতে পারে।

"¿Qué nos llevamos ahora?" dijo Grete y miró a su alrededor.

"এখন আমরা কী নেব?" গ্রেটে বলল এবং চারপাশে তাকাল।

Justo en ese momento su mirada se encontró con los ojos de Gregor.

ঠিক সেই মুহূর্তে তার দৃষ্টি গ্রেগরের চোখে পড়ল।

A pesar del shock, mantuvo la presencia de ánimo.

ধাক্কাটা সত্ত্বেও, সে তার মনের উপস্থিতি বজায় রেখেছিল।

Probablemente sólo por la presencia de su madre.

সম্ভবত শুধুমাত্র তার মায়ের উপস্থিতির কারণে।

Ella inclinó su rostro hacia su madre, cubriéndole la vista.

সে তার মায়ের দিকে মুখ ঝুঁকে তার দৃষ্টি ঢেকে ফেলল।

Y entonces dijo, aunque temblorosa y desconsiderada:

এবং তারপর সে বলল, যদিও কাঁপতে কাঁপতে এবং চিন্তাহীনভাবে:

-Vamos, ¿no deberíamos volver a la sala de estar?
"চলো, আমাদের কি বসার ঘরে ফিরে যাওয়া উচিত নয়?"

Gregor podía comprender fácilmente las intenciones de la hermana.
গ্রেগর সহজেই বোনের উদ্দেশ্য বুঝতে পারল।

Su primera prioridad fue poner a su madre a salvo.
তার প্রথম অগ্রাধিকার ছিল তার মাকে নিরাপদে ফিরিয়ে আনা।

Pero luego ella iba a perseguirlo desde la pared.
কিন্তু তারপর সে তাকে দেয়াল থেকে তাড়িয়ে নামাতে যাচ্ছিল।

«¡Pues claro que puede intentarlo!», pensó Gregor para sus adentros.
"আচ্ছা, সে অবশ্যই চেষ্টা করতে পারে!" গ্রেগর মনে মনে ভাবল।

Se sentó firmemente sobre su imagen y no renunció a ella.
সে তার ছবির উপর দৃঢ়ভাবে বসে রইল এবং হাল ছাড়ল না।

Preferiría haberle saltado en la cara a la hermana.
সে বরং বোনের মুখে ঝাঁপিয়ে পড়ত।

Pero las palabras de Grete preocuparon aún más a su madre.
কিন্তু গ্রেটের কথাগুলো তার মাকে আরও বেশি চিন্তিত করে তুলেছিল।

Ella se hizo a un lado para ver lo que le ocultaban.
তার কাছ থেকে কী লুকানো হচ্ছে তা দেখার জন্য সে একপাশে সরে গেল।

Y vio la mancha marrón en el papel pintado floreado.
আর সে ফুলের ওয়ালপেপারে বাদামী দাগ দেখতে পেল।

Y ella gritó antes de darse cuenta de que era Gregor.
আর সে বুঝতে না পেরে চিৎকার করে উঠল যে এটা গ্রেগর।

"Oh Dios", gritó con los brazos extendidos.
"ওহ ঈশ্বর," সে তার বাহু প্রসারিত করে চিৎকার করে উঠল।

Y ella se dejó caer en el sofá como si se hubiera rendido.
আর সে সোফায় এমনভাবে লুটিয়ে পড়ল যেন সে হাল ছেড়ে দিয়েছে।

—¡Gregor! —gritó la hermana levantando el puño.
"গ্রেগর!" বোন মুষ্টি উঁচু করে তাকে চিৎকার করে বলল।

Y ella le dirigió una mirada larga, dura y penetrante.

আর সে তার দিকে একটা লম্বা, কঠিন এবং তীক্ষ্ণ দৃষ্টি দিল।

Esta era la primera vez que hablaba con él directamente.

এই প্রথম সে সরাসরি তার সাথে কথা বলল।

Corrió a la habitación de al lado para conseguir algunas sales aromáticas.

সে কিছু গন্ধযুক্ত লবণ আনতে পাশের ঘরে দৌড়ে গেল।

Tenía que devolverle la conciencia a su madre.

তাকে তার মাকে জ্ঞান ফিরিয়ে আনতে হয়েছিল।

Gregor quería ayudar, podría salvar la imagen más tarde.

গ্রেগর সাহায্য করতে চেয়েছিল, সে পরে ছবিটি সংরক্ষণ করতে পারত।

Pero él se había quedado firmemente pegado al cristal.

কিন্তু সে নিজেকে কাঁচের সাথে শক্ত করে আটকে রেখেছিল।

Entonces tuvo que apartarse usando mucha fuerza.

তাই তাকে প্রচুর শক্তি প্রয়োগ করে নিজেকে ছিঁড়ে ফেলতে হয়েছিল।

Él también corrió a la habitación de al lado, donde estaba la hermana.

সেও পাশের ঘরে দৌড়ে গেল, যেখানে বোন ছিল।

En el pasado podría haberle dado algún consejo.

পুরনো দিনে সে তাকে কিছু পরামর্শ দিতে পারত।

Pero ahora no podía hacer nada más que quedarse de brazos cruzados y observar.

কিন্তু এখন সে অলসভাবে দাঁড়িয়ে থাকা ছাড়া আর কিছুই করতে পারল না।

Revolvió el cajón y abrió varias botellas.

সে ড্রয়ের মধ্য দিয়ে খুঁটিয়ে খুঁটিয়ে বিভিন্ন বোতল খুলল।

Y todavía la asustó cuando ella se dio la vuelta.

আর যখন সে ঘুরে দাঁড়ায়, তখনও সে তাকে ভয় দেখাত।

Una botella cayó al suelo, se rompió y se astilló.

একটা বোতল মেঝেতে পড়ে গেল, ভেঙে গেল এবং ছিঁড়ে গেল।

Una astilla de vidrio golpeó la cara de Gregor y lo hirió.

একটি কাচের টুকরো গ্রেগরের মুখে আঘাত করে এবং তাকে আহত করে।

La botella contenía algún tipo de líquido cáustico.
বোতলটিতে এক ধরণের কস্টিক তরল ছিল।

Y ahora el líquido corrosivo quemaba la cara de Gregor.
আর এখন ক্ষয়কারী তরলটি গ্রেগরের মুখ পুড়িয়ে দিচ্ছিল।

Sin embargo, la hermana no tenía tiempo para Gregor en ese momento.
তবে, বোনের কাছে এখন গ্রেগরের জন্য কোনও সময় নেই।

Ella recogió tantas botellas como pudo.
সে যতটা সম্ভব বোতলগুলো তুলে নিল।

Y ella corrió de nuevo hacia su madre con la medicina.
আর সে ওষুধটি নিয়ে তার মায়ের কাছে দৌড়ে গেল।

Ella cerró la puerta con el pie, dejando afuera a Gregor.
সে পা দিয়ে দরজাটা ধাক্কা দিয়ে বন্ধ করে দিল গ্রেগরকে।

Ahora estaba separado de su madre, que estaba potencialmente moribunda.
এখন সে তার সম্ভাব্য মৃত্যুপথযাত্রী মায়ের কাছ থেকে বিচ্ছিন্ন হয়ে পড়েছিল।

Si abriera la puerta, echaría a la hermana.
যদি সে দরজা খুলে দিত, তাহলে সে বোনকে তাড়িয়ে দিত।

Pero por supuesto tuvo que quedarse para cuidar a la madre.
কিন্তু অবশ্যই মায়ের দেখাশোনা করার জন্য তাকে থাকতেই হত।

Ya no podía hacer nada más que esperarlos.
এখন তাদের জন্য অপেক্ষা করা ছাড়া তার আর কিছুই করার ছিল না।

Acosado por el autorreproche y la ansiedad, comenzó a gatear.
আত্ম-নিন্দা এবং উদ্বেগে জর্জরিত হয়ে, সে হামাগুড়ি দিতে শুরু করল।

Se arrastró por todas partes: las paredes, los muebles, el techo.
সে হামাগুড়ি দিয়ে সর্বত্র ঘুরে বেড়াত; দেয়াল, আসবাবপত্র, ছাদ।

Sintió como si toda la habitación girara a su alrededor.
তার মনে হচ্ছিল পুরো ঘরটা যেন তার চারপাশে ঘুরছে।

Finalmente, desesperado y mareado, volvió a caer.

অবশেষে, হতাশা এবং মাথা ঘোরাতে, সে আবার পড়ে গেল।

Y cayó justo encima de la gran mesa del comedor.
আর সে ঠিক বড় ডাইনিং টেবিলের উপরে পড়ে গেল।

Pasó algún tiempo tendido allí, entumecido e incapaz de moverse.
সে কিছুক্ষণ সেখানে শুয়ে রইল, অসাড় হয়ে গেল এবং নড়াচড়া করতে পারল না।

Estaba exhausto por todo lo que el día le había traído.
এই দিনটি তার উপর যা এনেছে তাতে সে ক্লান্ত হয়ে পড়েছিল।

Todo estaba tranquilo, pero tal vez eso era una buena señal.
চারিদিকে নীরবতা ছিল, কিন্তু হয়তো এটা একটা ভালো লক্ষণ ছিল।

Entonces, rompiendo el silencio, sonó el timbre de la puerta de afuera.
তারপর, নীরবতা ভেঙে, বাইরের ডোরবেল বেজে উঠল।

La criada, por supuesto, se había encerrado en su cocina.
অবশ্যই, কাজের মেয়েটি নিজেকে তার রান্নাঘরে আটকে রেখেছিল।

Así que la hermana era la única que podía abrir la puerta.
তাই একমাত্র বোনই দরজা খুলতে পারল।

"¿Qué pasó?" fue lo primero que preguntó el padre.
"কি হয়েছে?" বাবা প্রথমেই জিজ্ঞাসা করলেন।

La aparición de Grete probablemente le había dicho todo.
গ্রেটের চেহারা সম্ভবত তাকে সবকিছু বলে দিয়েছিল।

La voz de Grete se volvió apagada y apagada mientras hablaba.
কথা বলার সময় গ্রেটের কণ্ঠস্বর রুক্ষ ও নিস্তেজ হয়ে গেল।

Ella debió haber presionado su cara contra el pecho de su padre.
সে নিশ্চয়ই তার বাবার বুকে মুখ চেপে ধরেছে।

"La madre estaba inconsciente, pero ahora se siente mejor".
"মা অজ্ঞান ছিলেন, কিন্তু এখন তিনি ভালো বোধ করছেন।"

—Gregor ha escapado —añadió, tal como él esperaba.
"গ্রেগর পালিয়ে গেছে," সে আরও বলল, যা সে আশা করেছিল।

"Siempre te dije que algún día se escaparía."

"আমি তোমাকে সবসময় বলেছি যে সে একদিন পালাতে যাবে।"

—Pero vosotras, las mujeres, no quisisteis escucharme, ¿verdad?

"কিন্তু তোমরা মহিলারা আমার কথা শুনতে চাওনি, তাই না?"

Gregor se dio cuenta rápidamente de cómo vería las cosas su padre.

গ্রেগর দ্রুত বুঝতে পারল যে তার বাবা কীভাবে দেখবেন।

Había malinterpretado el mensaje demasiado breve de Grete.

সে গ্রেটের অতি সংক্ষিপ্ত বার্তার ভুল ব্যাখ্যা করেছিল।

Supuso que Gregor había cometido algún acto de violencia.

সে ধরে নিল গ্রেগর কোন সহিংস কাজ করেছে।

Gregor tenía que encontrar una manera de apaciguar a su padre de alguna manera.

গ্রেগরকে তার বাবাকে কোনভাবে শান্ত করার উপায় খুঁজে বের করতে হয়েছিল।

Porque no tuvo tiempo de explicarle las cosas.

কারণ তাকে বিষয়গুলো ব্যাখ্যা করার সময় তার ছিল না।

Pero de todos modos no habría podido explicar las cosas.

কিন্তু সে কোনভাবেই বিষয়গুলো ব্যাখ্যা করতে পারত না।

Entonces huyó hacia la puerta y se pegó a ella.

তাই সে দরজার কাছে দৌড়ে গেল এবং দরজার সাথে নিজেকে ধাক্কা দিল।

De esa manera su padre podría verlo desde la antesala.

এইভাবে তার বাবা তাকে সামনের ঘর থেকে দেখতে পেলেন।

Y podría ver que tenía las mejores intenciones.

এবং সে দেখতে পাবে যে তার উদ্দেশ্য সবচেয়ে ভালো।

No había necesidad de empujarlo con una escoba.

ঝাড়ু দিয়ে তাকে পিছনে ঠেলে দেওয়ার কোন প্রয়োজন ছিল না।

Lo único que el padre habría tenido que hacer era abrir la puerta.

বাবার শুধু দরজা খোলার কাজটাই করতে হত।

Pero él no estaba de humor para notar tales sutilezas.
কিন্তু তিনি এই ধরণের সূক্ষ্মতা লক্ষ্য করার মেজাজে ছিলেন না।

"¡Ahí estás!" exclamó nada más entrar.
"এই যে তুমি!" সে ভেতরে ঢোকার সাথে সাথে চিৎকার করে উঠল।

Era como si estuviera enojado y feliz al mismo tiempo.
মনে হচ্ছিল সে একই সাথে রাগ করছে এবং খুশিও হচ্ছে।

Echó la cabeza hacia atrás y miró al padre.
সে মাথাটা পিছনে টেনে নিল, আর বাবার দিকে তাকাল।

No se había imaginado que su padre estuviera allí así.
সে কল্পনাও করেনি তার বাবা এভাবে সেখানে দাঁড়িয়ে থাকবে।

Pero en los últimos tiempos había encontrado una nueva distracción.
কিন্তু সাম্প্রতিক সময়ে তিনি একটি নতুন বিভ্রান্তির কারণ খুঁজে পেয়েছেন।

Gatear ahora ocupaba gran parte de su día.
এখন তার দিনের একটা বড় অংশ ঘুরে বেড়ানোতেই কেটে যায়।

Antes, él estaba al tanto de todas las novedades que ocurrían en el apartamento.
আগে, সে অ্যাপার্টমেন্টের যেকোনো খবরের খোঁজ রাখত।

Pero últimamente no había estado prestando tanta atención.
কিন্তু সম্প্রতি সে এতটা মনোযোগ দিচ্ছিল না।

Debería haber estado preparado para afrontar los cambios.
পরিবর্তনের মুখোমুখি হওয়ার জন্য তার প্রস্তুত থাকা উচিত ছিল।

Sin embargo, ¿era este hombre que tenía delante todavía el padre?
তবুও, তার আগে এই লোকটি কি এখনও পিতা ছিল?

¿Era él el mismo hombre que solía yacer cansado en su cama?
সে কি সেই লোক যে বিছানায় ক্লান্ত হয়ে শুয়ে থাকত?

Cuando Gregor ya se había ido de viaje de negocios.
যখন গ্রেগর ইতিমধ্যেই একটি ব্যবসায়িক ভ্রমণে গিয়েছিলেন।

¿Era él el mismo hombre que lo saludaba por las noches?

সে কি সেই লোক যে সন্ধ্যায় তাকে অভ্যর্থনা জানাত?

Cuando estaba en bata en su sillón.

যখন সে তার আর্মচেয়ারে তার ড্রেসিং গাউন পরে ছিল।

¿Era el mismo hombre que no pudo levantarse a darle la bienvenida?

সে কি সেই একই লোক যে তাকে স্বাগত জানাতে উঠতে পারেনি?

Entonces, permaneciendo sentado, levantó el brazo en señal de alegría.

তাই, বসে থেকে, আনন্দের চিহ্ন হিসেবে সে তার হাত তুলল।

¿Era el mismo hombre con el que salía a caminar de vez en cuando?

সে কি সেই একই লোক যার সাথে সে মাঝে মাঝে হাঁটতে যেত?

En raras ocasiones: algunos domingos al año o días festivos.

বিরল ক্ষেত্রে: বছরে কয়েকটি রবিবার, অথবা ছুটির দিন।

¿Era el mismo hombre que caminaba envuelto en su abrigo?

সে কি সেই লোক যে ওভারকোট পরে হেঁটেছিল?

¿Avanzó lentamente, entre la madre y él?

সে কি ধীরে ধীরে প্রসববেদনা অনুভব করছিল, মা এবং তার মাঝখানে?

Y ellos ya caminaban lentamente por causa de él.

আর তার কারণে তারা ইতিমধ্যেই ধীরে ধীরে হাঁটছিল।

Pero ahora este hombre estaba de pie, fuerte y erguido.

কিন্তু এখন এই লোকটি শক্ত এবং সোজা হয়ে দাঁড়িয়ে ছিল।

Estaba vestido con un uniforme azul con botones dorados.

তার পরনে ছিল সোনালী বোতাম লাগানো নীল রঙের ইউনিফর্ম।

Botones que llevan los empleados de las instituciones bancarias.

ব্যাংক প্রতিষ্ঠানের কর্মচারীরা যে বোতামগুলি পরেন।

Por encima del rígido cuello emergía su fuerte papada.

শক্ত কলারটির উপরে তার শক্ত ডাবল থুতনি বেরিয়ে এসেছে।

Bajo sus pobladas cejas se asomaban sus ojos negros.

তার ঘন ভ্রুয়ের নীচে তার কালো চোখগুলো বাইরে দেখা যাচ্ছিল।

Ahora sus ojos parecían penetrantes, frescos y alertas.

এখন তার চোখ দুটো তীক্ষ্ণ, সতেজ এবং সজাগ দেখাচ্ছিল।

El cabello blanco, anteriormente despeinado, fue peinado hacia abajo.

আগের এলোমেলো সাদা চুলগুলো আঁচড়ে ফেলা হয়েছে।

Y su cabello ahora tenía una meticulosa raya central.

আর তার চুলের মাঝখানে এখন একটা সূক্ষ্ম বিভাজন ছিল।

Arrojó su sombrero, que estaba adornado con un monograma dorado.

সে তার টুপিটি ছুঁড়ে ফেলে দিল, যেটিতে সোনার মনোগ্রাম লাগানো ছিল।

Probablemente era el monograma del banco en el que trabajaba.

সম্ভবত এটি সেই ব্যাংকের মনোগ্রাম ছিল যেখানে সে কাজ করত।

Y el sombrero aterrizó en el sofá, para guardarlo más tarde.

আর টুপিটা সোফার উপর পড়ে গেল, পরে রেখে দেওয়ার জন্য।

Empujó hacia atrás la parte inferior de la larga chaqueta del uniforme.

সে লম্বা ইউনিফর্ম জ্যাকেটের নীচের অংশটি পিছনে ঠেলে দিল।

Y metió los pulgares en los bolsillos de sus pantalones.

আর সে তার বুড়ো আঙুলগুলো তার প্যান্টের পকেটে ঢুকিয়ে দিল।

Y luego, con cara sombría, caminó hacia Gregor.

আর তারপর, একটা বিষণ্ণ মুখ নিয়ে, সে গ্রেগরের দিকে এগিয়ে গেল।

Probablemente ni siquiera sabía lo que planeaba hacer.

সে সম্ভবত জানতই না যে সে কী করার পরিকল্পনা করছে।

Pero aún así levantó los pies inusualmente alto.

কিন্তু তবুও সে তার পা অস্বাভাবিকভাবে উঁচুতে তুলল।

Gregor estaba asombrado por el enorme tamaño de sus botas.

গ্রেগর তার বুটের বিশাল আকার দেখে অবাক হয়ে গেল।

Pero realmente no había tiempo para maravillarse con sus zapatos.

কিন্তু তার জুতা দেখে অবাক হওয়ার সময় আসলেই ছিল না।

El padre había decidido aplicar una disciplina muy estricta.

বাবা খুব কঠোর শাসনের সিদ্ধান্ত নিয়েছিলেন।

Para Gregor sólo era apropiada la mayor severidad.

গ্রেগরের জন্য কেবল সর্বোচ্চ কঠোরতাই উপযুক্ত ছিল।

Él lo sabía desde el primer día de su transformación.

তার রূপান্তরের প্রথম দিন থেকেই সে এটা জানত।

Corrió hacia su padre y se detuvo cuando él se detuvo.

সে তার বাবার কাছে দৌড়ে গেল, আর যখন সে থামল তখন সেও থামল।

Corrió hacia él nuevamente cuando se movió de nuevo.

সে আবার নড়াচড়া করলে সে আবার তার দিকে ঝাঁপিয়ে পড়ল।

El padre se detuvo un momento y Gregor también.

বাবা এক মুহূর্ত থামলেন, আর গ্রেগরও।

Y corrió hacia adelante nuevamente tan pronto como su padre se movió.

আর তার বাবা সরে যাওয়ার সাথে সাথে সে আবার সামনের দিকে ছুটে গেল।

De esta manera dieron varias vueltas alrededor de la habitación.

এইভাবে তারা ঘরের চারপাশে বেশ কয়েকবার প্রদক্ষিণ করল।

Nadie había conseguido aún ninguna ventaja decisiva.

এখনও পর্যন্ত কেউই কোনও চূড়ান্ত সুবিধা অর্জন করতে পারেনি।

No se podría haber tenido la impresión de una persecución.

কেউ ধাওয়ার অনুভূতি পায়নি।

Porque todo el acontecimiento se estaba produciendo demasiado lentamente.

কারণ পুরো ঘটনাটি খুব ধীর গতিতে ঘটছিল।

Gregor había decidido quedarse en tierra.

গ্রেগর সিদ্ধান্ত নিয়েছিল যে সে মাটিতেই থাকবে।

Podría haber corrido por las paredes y a lo largo del techo.

সে দেয়াল বেয়ে ছাদ বেয়ে দৌড়ে যেতে পারত।

Pero no quería provocar al padre innecesariamente.

কিন্তু সে অযথা বাবাকে উত্তেজিত করতে চাইছিল না।

Una huida así podría haber parecido especialmente perversa.

এই ধরনের পালানো হয়তো বিশেষভাবে দুষ্টু বলে মনে হয়েছিল।

Gregor admitió que esta persecución no podía durar mucho más.

গ্রেগর স্বীকার করলেন যে এই তাড়া আর বেশিক্ষণ স্থায়ী হতে পারে না।

Cada paso debía ir acompañado de una miríada de movimientos.

প্রতিটি পদক্ষেপে অসংখ্য আন্দোলনের সম্মুখীন হতে হয়েছিল।

Ya empezaba a sentir falta de aire.

তার ইতিমধ্যেই শ্বাসকষ্ট অনুভব হতে শুরু করেছে।

Incluso antes nunca había tenido unos pulmones completamente confiables.

এমনকি এর আগেও তার সম্পূর্ণ নির্ভরযোগ্য ফুসফুস ছিল না।

Avanzó tambaleándose, guardando sus fuerzas para la carrera.

সে দৌড়ের জন্য তার শক্তি সঞ্চয় করে টলমল করে এগিয়ে গেল।

Estaba tan cansado que apenas podía mantener los ojos abiertos.

সে এতটাই ক্লান্ত ছিল যে চোখ খোলা রাখতে পারছিল না।

Sus pensamientos se volvieron demasiado lentos para pensar en otras escapatorias.

তার চিন্তাভাবনা এতটাই ধীর হয়ে গেল যে অন্য পালানোর কথা ভাবতেই পারল না।

Casi había olvidado que los muros estaban a su disposición.

সে প্রায় ভুলেই গিয়েছিল যে দেয়ালগুলো তার জন্য উন্মুক্ত।

Pero de todos modos las paredes estaban ocultas detrás de los muebles.

কিন্তু যাই হোক, দেয়ালগুলো আসবাবপত্রের আড়ালে লুকিয়ে ছিল।

Y los muebles tenían demasiadas muescas y protuberancias.

আর আসবাবপত্রে অনেক বেশি খাঁজ এবং ফুটো ছিল।

Y luego, justo a su lado, rodando, había una manzana.

আর তারপর, ঠিক তার পাশে, গড়াগড়ি খাচ্ছিল, একটা আপেল ছিল।

La manzana debió haberle sido arrojada, se dio cuenta.

সে বুঝতে পারল, আপেলটা নিশ্চয়ই তার দিকে ছুঁড়ে মারা হয়েছে।

Pero no tuvo tiempo de pensar antes de que llegara otra manzana.

কিন্তু আরেকটি আপেল আসার আগে তার ভাবার সময় ছিল না।

Gregor se quedó paralizado por la nueva estrategia del padre.

বাবার নতুন কৌশলে গ্রেগর হতবাক হয়ে গেল।

Ya no podía ganar nada intentando huir.

দৌড়ানোর চেষ্টা করে সে আর কিছুই অর্জন করতে পারল না।

El padre había decidido bombardearlo con fruta.

বাবা তাকে ফল দিয়ে ঝাঁপিয়ে ফেলার সিদ্ধান্ত নিয়েছিলেন।

Se había llenado los bolsillos con lo que había en el frutero de la cocina.

সে রান্নাঘরের ফলের বাটি থেকে পকেট ভরেছিল।

Sin apuntar especialmente, lanzó manzana tras manzana.

বিশেষ লক্ষ্য না রেখে, সে আপেলের পর আপেল ছুড়ে মারল।

Estas pequeñas manzanas rojas rodaban por el suelo.

এই ছোট লাল আপেলগুলো মাটিতে গড়িয়ে পড়ছিল।

Como si estuvieran electrificadas, las manzanas chocaron entre sí.

যেন বিদ্যুৎস্পৃষ্ট হয়ে আপেলগুলো একে অপরের সাথে ধাক্কা খেল।

Una de las manzanas lanzadas débilmente rozó la espalda de Gregor.

দুর্বলভাবে ছুঁড়ে ফেলা আপেলগুলির মধ্যে একটি গ্রেগরের পিঠে লেগে গেল।

Afortunadamente para él, la manzana se deslizó sin sufrir daño.

ভাগ্যক্রমে তার জন্য, আপেলটি কোনও ক্ষতি ছাড়াই পিছলে গেল।

Sin embargo, la manzana lanzada después fue más precisa.

তবে, পরে নিক্ষিপ্ত আপেলটি আরও সঠিক ছিল।

Y esta manzana se alojó profundamente en la espalda de Gregor.

আর এই আপেলটি গ্রেগরের পিঠের গভীরে গেঁথে গেল।

Gregor quería alejarse del dolor.

গ্রেগর নিজেকে যন্ত্রণা থেকে দূরে সরিয়ে নিতে চাইছিল।

Quizás se pueda escapar de este nuevo e increíble dolor.
হয়তো এই নতুন, অবিশ্বাস্য যন্ত্রণা থেকে মুক্তি পাওয়া যেত।

Quizás un cambio de ubicación aliviaría su agonía.
হয়তো স্থান পরিবর্তন করলে তার যন্ত্রণা লাঘব হবে।

Pero se sentía como si lo hubieran clavado al suelo.
কিন্তু তার মনে হলো যেন তাকে পেরেক দিয়ে মাটিতে বিদ্ধ করা হয়েছে।

Se estiró, pero sólo debido a su confusión.
সে নিজেকে প্রসারিত করল, কিন্তু কেবল তার বিভ্রান্তির কারণে।

Sólo con su última mirada vio que la puerta se abría.
শেষবারের মতো তাকিয়েই সে দরজা খুলে যেতে দেখতে পেল।

La madre corrió hacia su hermana, que gritaba.
মা চিৎকার করতে করতে বোনের সামনে ছুটে গেলেন।

La hermana la había desnudado, por lo que estaba en camisa.
বোন তার পোশাক খুলে ফেলেছিল, তাই সে তার শার্ট পরে ছিল।

Había necesitado respirar en su inconsciencia.
তার অজ্ঞান অবস্থায় শ্বাস নেওয়ার জন্য জায়গার প্রয়োজন ছিল।

Todavía veía cómo la madre corría hacia el padre.
সে তখনও দেখতে পেল কিভাবে মা বাবার দিকে দৌড়ে যাচ্ছে।

Sus faldas se deslizaron hasta el suelo, una tras otra.
তার স্কার্টগুলো একের পর এক মাটিতে পড়ে গেল।

La vio acercarse al padre y tropezar con su falda.
সে দেখতে পেল সে বাবার কাছে আসছে, এবং তার স্কার্টে হোঁচট খাচ্ছে।

Abrazándolo, pidió que le perdonaran la vida a Gregor.
তাকে জড়িয়ে ধরে, সে গ্রেগরের জীবন বাঁচানোর জন্য প্রার্থনা করল।

En completa unión con su cuerpo, su vista falló.
শরীরের সাথে সম্পূর্ণ মিলিত হতে না হতেই তার দৃষ্টিশক্তি নষ্ট হয়ে গেল।

Tercera parte
তৃতীয় অংশ

Gregor sufrió la grave lesión durante más de un mes.
গ্রেগর এক মাসেরও বেশি সময় ধরে গুরুতর আঘাত ভোগ করেছিলেন।

La manzana quedó incrustada; nadie se atrevió a sacarla.
আপেলটি আটকে রইল; কেউ এটি সরানোর সাহস করল না।

La manzana permaneció en su carne como un recordatorio visible.
আপেলটি তার মাংসে দৃশ্যমান স্মারক হিসেবে রয়ে গেল।

Pero la manzana también sirvió como recordatorio para el padre.
কিন্তু আপেলটি বাবার জন্য একটি স্মারক হিসেবেও কাজ করেছিল।

Se dio cuenta de que no debía tratar a Gregor como a un enemigo.
সে বুঝতে পারল গ্রেগরের সাথে শত্রুর মতো আচরণ করা উচিত নয়।

Actualmente su apariencia puede ser triste y repugnante.
বর্তমানে তার চেহারা দুঃখজনক এবং ঘৃণ্য হতে পারে।

Pero aún así, seguía siendo un miembro de su familia.
কিন্তু তবুও, তিনি এখনও তাদের পরিবারের একজন সদস্য ছিলেন।

Había que aceptar la reticencia y tolerarla.
অনিচ্ছাকে গিলে ফেলতে হয়েছিল এবং সহ্য করতে হয়েছিল।

Debido a su herida, es posible que haya perdido su movilidad para siempre.
তার আঘাতের কারণে, তার চলাফেরার ক্ষমতা চিরতরে হারিয়ে যেতে পারে।

Todavía gateaba por su habitación, pero mucho más lento.
সে এখনও তার ঘরে হামাগুড়ি দিয়ে ঘুরে বেড়াচ্ছিল, কিন্তু অনেক ধীর গতিতে।

Arrastrarse a cualquier altura estaba fuera de cuestión.
যেকোনো উচ্চতায় হামাগুড়ি দেওয়ার প্রশ্নই ওঠে না।

Pero Gregor recibió algún tipo de compensación.

কিন্তু গ্রেগর কিছু ধরণের ক্ষতিপুরণ পেয়েছিলেন।

Por la noche se le abrió la puerta del salón.
সন্ধ্যায় তার জন্য বসার ঘরের দরজা খুলে দেওয়া হল।

Y consideró que estas reparaciones eran completamente adecuadas.
এবং তিনি অনুভব করেছিলেন যে এই ক্ষতিপুরণগুলি সম্পূর্ণরূপে পর্যাপ্ত ছিল।

Antes del anochecer ya había empezado a vigilar la puerta.
সন্ধ্যার আগেই সে দরজার দিকে নজর রাখা শুরু করে দিল।

Él yacía en la oscuridad, invisible desde la sala de estar.
সে অন্ধকারে শুয়ে ছিল, বসার ঘর থেকে অদৃশ্য।

Pudo ver a toda la familia en la mesa iluminada.
আলোকিত টেবিলে সে পুরো পরিবারকে দেখতে পেল।

Ahora se le permitió escuchar sus conversaciones.
এখন তাকে তাদের কথোপকথন শোনার অনুমতি দেওয়া হল।

Esto fue bastante diferente a su arreglo anterior.
এটি তাদের পূর্ববর্তী ব্যবস্থা থেকে বেশ আলাদা ছিল।

Las animadas conversaciones de tiempos pasados habían terminado.
আগের সময়ের প্রাণবন্ত কথোপকথন শেষ হয়ে গেল।

Éstas eran las conversaciones que tanto anhelaba.
এই কথোপকথনগুলোই সে আকুলভাবে কামনা করত।

Cuando dormía solo en pequeñas habitaciones de hotel.
যখন সে ছোট হোটেলের ঘরে একা ঘুমাচ্ছিল।

Cuando tuvo que arrojarse entre las sábanas húmedas.
যখন তাকে ভেজা বিছানার চাদরে নিজেকে ঝাঁপিয়ে পড়তে হয়েছিল।

Pero ahora las tardes eran en su mayoría tranquilas y sin acontecimientos.
কিন্তু এখন সন্ধ্যাগুলো বেশিরভাগই শান্ত এবং অস্থির ছিল।

El padre se quedó dormido en su sillón después de cenar.
রাতের খাবারের পর বাবা তার আর্মচেয়ারে ঘুমিয়ে পড়লেন।

Y la madre y la hermana se animaban mutuamente a guardar silencio.

আর মা আর বোন একে অপরকে চুপ থাকতে অনুরোধ করল।

La madre, inclinada hacia la luz, cosía lino.

মা, আলোর উপর অনেক দূরে হেলান দিয়ে, লিনেন সেলাই করলেন।

Ahora ella hace vestidos para una de las tiendas de moda.

সে এখন একটি ফ্যাশন স্টোরের জন্য পোশাক তৈরি করে।

Al igual que Gregor, la hermana había conseguido un trabajo como vendedora.

গ্রেগরের মতো, বোনও একজন বিক্রয়কর্মীর চাকরি নিয়েছিল।

Ella estaba aprendiendo taquigrafía y francés por las tardes.

সে সন্ধ্যায় শর্টহ্যান্ড এবং ফরাসি ভাষা শিখছিল।

Para que más adelante pudiera tal vez conseguir un mejor puesto de trabajo.

যাতে সে পরে আরও ভালো চাকরি পেতে পারে।

A veces el padre se despertaba de sus siestas nocturnas.

মাঝে মাঝে বাবা সন্ধ্যার ঘুম থেকে জেগে উঠতেন।

"¡Cariño, ya llevas un buen rato cosiendo hoy!"

"প্রিয়তম, আজ তুমি অনেকক্ষণ ধরে সেলাই করছো!"

Parecía haber olvidado que había estado durmiendo.

সে যেন ভুলেই গিয়েছিল যে সে ঘুমাচ্ছিল।

Pero inmediatamente volvió a caer en un sueño profundo.

কিন্তু তৎক্ষণাৎ সে আবার ঘুমিয়ে পড়ল।

Y la madre y la hermana se sonrieron cansadamente.

আর মা আর বোন একে অপরের দিকে ক্লান্ত মুখে হাসল।

El padre había desarrollado una extraña y nueva terquedad.

বাবার মনে এক অদ্ভুত নতুন জেদ তৈরি হয়েছিল।

Incluso en casa se negó a quitarse el uniforme de sirviente.

এমনকি বাড়িতেও তিনি তার চাকরের পোশাক খুলতে অস্বীকৃতি জানান।

Y su bata colgaba inútilmente en la percha.

আর তার ড্রেসিং গাউনটি হ্যাঙ্গারে অকেজোভাবে ঝুলে ছিল।

Así pues, el padre dormía, completamente vestido, en su sillón.

তাই বাবা পুরো পোশাক পরে আরামকেদারায় ঘুমিয়ে পড়লেন।

Era como si siempre estuviera dispuesto a prestar su servicio.
মনে হচ্ছিল যেন সে সবসময় তার সেবা করার জন্য প্রস্তুত।

Como si estuviera esperando la voz de su superior.
যেন সে কেবল তার ঊর্ধ্বতনের কণ্ঠস্বরের জন্য অপেক্ষা করছিল।

Esto provocó que su uniforme perdiera su limpieza.
এর ফলে তার ইউনিফর্মের পরিচ্ছন্নতা নষ্ট হয়ে যায়।

Aunque el uniforme tampoco era nuevo cuando lo recibió.
যদিও সে যখন ইউনিফর্মটি পেল তখন এটি নতুন ছিল না।

Y la madre hizo todo lo posible para cuidar el uniforme.
আর মা তার যথাসাধ্য চেষ্টা করেছিলেন ইউনিফর্মটির যত্ন নেওয়ার জন্য।

Gregor pasaba tardes enteras mirando este uniforme.
গ্রেগর পুরো সন্ধ্যা এই ইউনিফর্মটি দেখে কাটিয়ে দিল।

Observó cómo el anciano dormía de manera muy incómoda.
সে দেখল বৃদ্ধ লোকটি খুব অস্বস্তিকরভাবে ঘুমাচ্ছে।

Pero mientras dormía también notó algo pacífico.
কিন্তু ঘুমের মধ্যে সে কিছু একটা শান্ত জিনিসও লক্ষ্য করল।

Cuando el reloj dio las diez la madre intentó despertarlo.
ঘড়িতে যখন দশটা বাজলো, মা তাকে জাগানোর চেষ্টা করলেন।

Ella habló en voz baja y lo convenció de ir a la cama.
সে আস্তে আস্তে কথা বলল, এবং তাকে ঘুমাতে যেতে রাজি করালো।

Porque dormir en el sillón no era dormir de verdad.
কারণ আর্মচেয়ারে ঘুমানো আসল ঘুম ছিল না।

Iba a tener que empezar a trabajar a las seis en punto.
তাকে ছয়টায় কাজ শুরু করতে হবে।

Así que realmente necesitaba dormir lo mejor posible.
তাই তার সত্যিই যতটা সম্ভব ভালো ঘুমের প্রয়োজন ছিল।

Pero una nueva forma de terquedad se apoderó de él.
কিন্তু এক নতুন ধরণের জেদ তাকে আঁকড়ে ধরেছিল।

Convertirse en sirviente había comenzado a tener ese efecto en él.
দাস হয়ে ওঠার ফলে তার উপর এই প্রভাব পড়তে শুরু করেছিল।

Así que siempre insistía en quedarse más tiempo en la mesa.

তাই সে সবসময় টেবিলে আরও বেশি সময় থাকার জন্য জোর দিত।

Aunque con regularidad volvía a quedarse dormido en su silla.

যদিও তিনি নিয়মিতভাবে আবার তার চেয়ারে ঘুমিয়ে পড়তেন।

Y sólo con la mayor dificultad pudo ser movido.

আর তাকে কেবল সবচেয়ে কষ্টেই সরানো যেত।

Tuvieron que decirle que la cama sería mejor para él.

তাকে বলতে হয়েছিল যে বিছানাটি তার জন্য ভালো হবে।

Madre y hermana tuvieron que insistir con pequeñas advertencias.

মা এবং বোনকে সামান্য সতর্কীকরণের মাধ্যমে জোর করতে হয়েছিল।

Durante quince minutos se limitó a menear lentamente la cabeza.

পনের মিনিট ধরে সে কেবল ধীরে ধীরে মাথা নাড়ল।

Y mantuvo los ojos cerrados y se negó a levantarse.

আর সে চোখ বন্ধ করে রইল, আর উঠতে অস্বীকৃতি জানাল।

La madre tiró de su manga, suavemente, pero con firmeza.

মা তার হাতের আস্তিনটা আলতো করে, কিন্তু শক্ত করে টেনে ধরলেন।

Y ella susurró palabras halagadoras en sus oídos cansados.

আর সে তার ক্লান্ত কানে ফিসফিস করে তোষামোদপূর্ণ কথাগুলো বলল।

La hermana abandonó la tarea que tenía entre manos para ayudar a su madre.

বোন তার মাকে সাহায্য করার জন্য তার উপর অর্পিত কাজটি ছেড়ে দিল।

Pero ninguno de sus esfuerzos funcionó con el padre.

কিন্তু তাদের কোন প্রচেষ্টাই বাবার উপর কাজ করেনি।

Se hundió aún más en su silla, preparado para dormir.

সে তার চেয়ারে আরও গভীরে ডুবে গেল, ঘুমানোর জন্য প্রস্তুত হল।

Y finalmente las mujeres lo agarraron por las axilas.

আর অবশেষে মহিলারা তাকে বগলের নিচে চেপে ধরল।

Abrió los ojos y los miró alternativamente.

সে চোখ খুলল এবং পর্যায়ক্রমে তাদের দিকে তাকাল।

"¡Qué vida ésta!" se quejó al irse a dormir.

"কি অদ্ভুত জীবন এটা," বিছানায় যাওয়ার সময় সে অভিযোগ করল।

"¿Es esta la paz que me ha sido dada en mi vejez?"
"এই কি সেই শান্তি যা আমাকে বৃদ্ধ বয়সে দেওয়া হয়েছে?"

Pero entonces, apoyándose en las dos mujeres, se levantó torpemente.
কিন্তু তারপর, দুই মহিলার উপর ঝুঁকে পড়ে, সে উঠে দাঁড়াল, বিব্রতকরভাবে।

Actuó como si llevara la carga más pesada.
সে এমনভাবে অভিনয় করল যেন সে সবচেয়ে ভারী বোঝা বহন করছে।

Dejó que las dos mujeres lo guiaran hasta el final de la habitación.
সে দুই মহিলাকে ঘরের শেষ প্রান্তে নিয়ে যেতে দিল।

Allí les deseó buenas noches y continuó su camino.
সেখানে তিনি তাদের শুভরাত্রি জানালেন, এবং একাই চলতে লাগলেন।

Pero la madre rápidamente arrojó su kit de costura.
কিন্তু মা তাড়াহুড়ো করে তার সেলাইয়ের সরঞ্জামটি ফেলে দিলেন।

Y la hermana también dejó el bolígrafo y el bloc de notas.
আর বোনটিও কলম আর নোটপ্যাডটা নামিয়ে রাখল।

Y corrieron detrás del padre para ayudarle aún más.
আর তারা বাবার পিছনে দৌড়ে গেল তাকে আরও সাহায্য করার জন্য।

¿Quién en esta familia sobrecargada de trabajo tenía tiempo para Gregor?
এই অতিরিক্ত কর্মব্যস্ত পরিবারের মধ্যে কার গ্রেগরের জন্য সময় ছিল?

¿Quién podría haberle prestado más atención de la necesaria?
কে তাকে প্রয়োজনের চেয়ে বেশি মনোযোগ দিতে পারত?

El presupuesto familiar se fue restringiendo cada vez más.
পরিবারের বাজেট ক্রমশ সীমিত হয়ে পড়ল।

Al final, para ahorrar dinero, tuvieron que despedir a la criada.
অবশেষে, টাকা বাঁচানোর জন্য, তাদের দাসীকে বরখাস্ত করতে হয়েছিল।

Fue reemplazada por una mujer de cabello blanco y huesos gruesos.

তার স্থলাভিষিক্ত হলেন একজন মোটা হাড়ওয়ালা, সাদা চুলওয়ালা মহিলা।

Pero esta mujer venía sólo por la mañana y por la tarde.
কিন্তু এই মহিলা কেবল সকাল এবং সন্ধ্যায় আসতেন।

Y todo el trabajo más pesado y duro quedó guardado para ella.
আর সব কঠিন থেকে কঠিন কাজ তার জন্যই জমা ছিল।

La madre se encargaba de todos los demás quehaceres.
বাকি সব কাজ মা দেখাশোনা করতেন।

Incluso ocurrió que se vendieron varias joyas familiares.
এমনকি এমনও ঘটেছে যে বিভিন্ন পারিবারিক গয়না বিক্রি হয়ে গেছে।

Joyas que las mujeres lucieron felizmente durante las celebraciones.
উদযাপনের সময় মহিলারা আনন্দের সাথে যে গয়না পরেছিলেন।

Gregor aprendió esto en una de las discusiones generales.
গ্রেগর একটি সাধারণ আলোচনা থেকে এটি শিখেছে।

La mayor queja, sin embargo, fue otra.
তবে সবচেয়ে বড় অভিযোগ ছিল অন্য কিছু।

El apartamento era demasiado grande, pero no podían mudarse.
অ্যাপার্টমেন্টটি অনেক বড় ছিল, কিন্তু তারা বাইরে যেতে পারছিল না।

No había manera de que pudieran reubicar a Gregor.
গ্রেগরকে অন্যত্র স্থানান্তর করার কোন উপায় ছিল না।

Pero Gregor se dio cuenta de que no era sólo una consideración.
কিন্তু গ্রেগর বুঝতে পারলেন যে এটি কেবল বিবেচনার বিষয় নয়।

Algo más les impidió mudarse a otro lugar.
অন্য কিছু তাদের অন্য কোথাও যেতে বাধা দিয়েছে।

Podría haber sido fácilmente transportado en una caja adecuada.
তাকে সহজেই উপযুক্ত বাক্সে করে পরিবহন করা যেত।

Sus sentimientos de completa desesperanza los frenaron.
তাদের সম্পূর্ণ হতাশার অনুভূতি তাদের পিছনে রেখেছিল।

No querían admitir que la desgracia les había golpeado.

তারা স্বীকার করতে চাইছিল না যে দুর্ভাগ্য তাদের উপর এসে পড়েছে।

Lo que el mundo exige de los pobres, ellos lo cumplen.

পৃথিবী দরিদ্র মানুষের কাছ থেকে যা দাবি করে, তারা তা পূরণ করেছে।

El padre le preparó el desayuno al pequeño empleado del banco.

বাবা ছোট্ট ব্যাংক কেরানির জন্য নাস্তা নিয়ে এলেন।

La madre se sacrificó por la ropa de desconocidos.

মা অপরিচিতদের কাপড়ের জন্য নিজেকে উৎসর্গ করেছিলেন।

La hermana corría de un lado a otro para atender los pedidos de los clientes.

বোনটি গ্রাহকদের অর্ডারের জন্য এদিক-ওদিক দৌড়াদৌড়ি করছিল।

Pero ya no tenían fuerzas para hacer más.

কিন্তু তাদের আর কিছু করার শক্তি ছিল না।

La herida en la espalda de Gregor comenzó a doler aún más.

গ্রেগরের পিঠের ক্ষত আরও বেশি ব্যথা করতে শুরু করে।

Cada noche, la madre y la hermana llevaban al padre a la cama.

প্রতি রাতে মা আর বোন বাবাকে বিছানায় নিয়ে আসত।

Dejaron su trabajo donde estaba y se sentaron juntos.

তারা তাদের কাজ যেখানে ছিল সেখানেই রেখে একসাথে বসল।

Y se acercaron más y se sentaron mejilla contra mejilla.

আর তারা আরও কাছে এগিয়ে গেল, আর গালে গাল মিলিয়ে বসল।

La madre señaló la habitación desde donde él observaba.

মা সেই ঘরটির দিকে ইশারা করলেন যেখান থেকে সে দেখছিল।

"¿Podrías cerrar la puerta?" le preguntó a la hermana.

"তুমি কি দরজা বন্ধ করবে," সে বোনকে জিজ্ঞাসা করল।

Y entonces Gregor se quedó solo otra vez en la oscuridad.

আর তারপর গ্রেগর আবার অন্ধকারে একা পড়ে রইল।

Y en la habitación de al lado la mujer mezcló sus lágrimas.

আর পাশের ঘরে মহিলাটি তাদের চোখের জল মিশিয়ে দিল।

O bien se quedaban sentados con los ojos secos, simplemente mirando la mesa.

অথবা তারা শুকনো চোখ নিয়ে বসে ছিল, কেবল টেবিলের দিকে তাকিয়ে ছিল।

Gregor apenas durmió, ni de noche ni de día.
গ্রেগর খুব একটা ঘুমাতে পারত না, দিনও না, রাতও না।

A menudo pensaba en cómo podría ayudar a la familia.
সে প্রায়ই ভাবত কিভাবে পরিবারকে সাহায্য করা যায়।

Pensó en ganar dinero nuevamente para ellos.
সে আবার তাদের জন্য টাকা রোজগার করার কথা ভাবল।

Pensó en hacer lo que solía hacer por ellos.
সে তাদের জন্য যা করতো তা করার কথা ভাবলো।

En sus pensamientos regresó el representante autorizado.
তার চিন্তায়, অনুমোদিত প্রতিনিধি ফিরে এলেন।

Y esta vez el jefe también vino al apartamento.
আর এবার বসও অ্যাপার্টমেন্টে এলেন।

Y los oficinistas y los aprendices también estaban allí.
আর কেরানি এবং শিক্ষানবিশরাও সেখানে ছিলেন।

Incluso el lento empleado de la oficina vino a verlo.
এমনকি ধীর বুদ্ধির অফিসের কর্মচারীও তাকে দেখতে এসেছিল।

Había dos o tres amigos de otros negocios.
অন্য ব্যবসার দুই-তিনজন বন্ধু ছিল।

Una de las camareras de un hotel de provincias.
প্রদেশের একটি হোটেলের একজন চেম্বারমেইড।

Un recuerdo querido y fugaz al que intentó aferrarse.
একটি প্রিয় এবং ক্ষণস্থায়ী স্মৃতি যা সে ধরে রাখার চেষ্টা করেছিল।

Una cajera de una sombrerería para quien tenía intenciones.
টুপির দোকানের একজন ক্যাশিয়ার যার জন্য তার উদ্দেশ্য ছিল।

Pero había sido un poco lento en ganar su aprobación.
কিন্তু সে তার অনুমোদন পেতে একটু বেশিই দেরি করেছিল।

Todos ellos aparecieron en sus pensamientos, mezclados con desconocidos.
তারা সবাই তার চিন্তাভাবনায় উপস্থিত হয়েছিল, অপরিচিতদের সাথে মিশে।

Y otros no aparecieron, ya estaban olvidados.

আর অন্যরা হাজির হয়নি; তারা ইতিমধ্যেই ভুলে গেছে।

Pero no le ayudaron a él ni tampoco a la familia.

কিন্তু তারা তাকে সাহায্য করেনি, এমনকি পরিবারকেও সাহায্য করেনি।

Eran inaccesibles y él se alegró cuando se fueron.

ওগুলো দুর্গম ছিল, আর ওরা যখন গেল তখন সে খুশি হয়েছিল।

No siempre estaba de humor para preocuparse por la familia.

পরিবার নিয়ে সবসময় চিন্তা করার মেজাজে ছিলেন না তিনি।

Y se llenó de rabia por la falta de atención.

আর মনোযোগের অভাবের কারণে সে রাগে ভরে গেল।

Y no podía imaginar nada que le apeteciera.

আর সে এমন কিছু কল্পনাও করতে পারছিল না যার প্রতি তার ক্ষুধা ছিল।

Pero aún así hizo planes para entrar en la despensa.

কিন্তু সে এখনও প্যান্ট্রিতে ঢুকার পরিকল্পনা করছিল।

Y él iba a tomar todo lo que se merecía.

আর সে তার প্রাপ্য সবকিছুই নিতে যাচ্ছিল।

La hermana ya no hacía ningún esfuerzo especial por él.

বোনটি আর তার জন্য বিশেষ কোনও প্রচেষ্টা করেনি।

Ella ya no pasaba el tiempo pensando en complacerlo.

সে আর তাকে খুশি করার কথা ভেবে সময় নষ্ট করল না।

Antes de ir a trabajar, rápidamente metió algo de comida en la habitación.

কাজের আগে সে তাড়াতাড়ি ঘরে কিছু খাবার ঢেলে দিল।

Y por la noche volvió a barrer rápidamente la comida.

আর সন্ধ্যায় সে তাড়াতাড়ি আবার খাবার ঝাড়ু দিয়ে পরিষ্কার করে ফেলল।

Ya no se daba cuenta de si había comido o no.

সে খেয়েছে কি না, সে আর খেয়াল করেনি।

En la actualidad, la mayoría de las veces la comida se dejaba intacta.

এখন প্রায়শই খাবারটি অপরিবর্তিত রাখা হত।

Ella todavía barría rápidamente la habitación por la noche.

সন্ধ্যাবেলাও সে দ্রুত ঘরটা ঝাড়ু দিয়ে ঘুরে বেড়াত।

Pero ahora hizo lo mínimo, lo más rápido posible.

কিন্তু এখন সে যত তাড়াতাড়ি সম্ভব ন্যূনতম কাজটি করেছে।

Quedaron vetas de suciedad corriendo por las paredes.

দেয়াল বরাবর ধুলোর রেখা ছড়িয়ে ছিল।

Bolas de polvo y basura quedaron tiradas en el suelo.

ধুলো আর আবর্জনার গোলা মেঝেতে পড়ে ছিল।

Gregor mostró su desaprobación por su falta de cuidado.

গ্রেগর তার যত্নের অভাবের প্রতি তার অসম্মতি প্রকাশ করলেন।

Se giró en un ángulo particularmente significativo.

তিনি নিজেকে একটি বিশেষ গুরুত্বপূর্ণ কোণে ঘুরিয়েছিলেন।

Pero podría haber permanecido en el puesto durante semanas.

কিন্তু তিনি কয়েক সপ্তাহ ধরে এই পদে থাকতে পারতেন।

Su hermana no habría notado su insatisfacción.

তার বোন তার অসন্তুষ্টি লক্ষ্য করত না।

Ella veía la suciedad tan bien como él, o incluso mejor.

সে ময়লাটা তার মতোই ভালোভাবে দেখেছিল, যদি ভালো নাও হয়।

Pero ella había decidido dejar la tierra donde estaba.

কিন্তু সে ময়লা যেখানে ছিল সেখানেই রেখে যাওয়ার সিদ্ধান্ত নিয়েছিল।

En ese momento adoptó una sensibilidad completamente nueva.

সেই সময় তিনি সম্পূর্ণ নতুন সংবেদনশীলতা গ্রহণ করেছিলেন।

Ella había hecho de la limpieza de la habitación de Gregor su responsabilidad.

সে গ্রেগরের ঘর পরিষ্কার করাকে নিজের দায়িত্বে নিয়েছিল।

La familia se sintió conmovida por su amable consideración.

তার সদয় চিন্তাশীলতায় পরিবারটি মুগ্ধ হয়েছিল।

Una vez, la madre le había dado a su habitación una limpieza a fondo.

একবার, মা তার ঘরটি পুঙ্খানুপুঙ্খভাবে পরিষ্কার করেছিলেন।

Sólo después de utilizar unos cuantos baldes de agua lo consiguió.

কয়েক বালতি পানি ব্যবহারের পরই সে সফল হয়েছিল।

Sin embargo, la nueva humedad en la habitación perjudicó a Gregor.

তবে, ঘরের নতুন স্যাঁতসেঁতে ভাব গ্রেগরের ক্ষতি করেছে।

Y él yacía ancho, amargado e inmóvil en el sofá.

আর সে সোফায় চওড়া, তিক্ত আর নিশ্চল শুয়ে রইল।

Pero ese fue sólo su primer castigo por ayudar.

কিন্তু সাহায্য করার জন্য এটাই ছিল তার প্রথম শাস্তি।

La hermana notó rápidamente el cambio en la habitación de Gregor.

বোনটি দ্রুত গ্রেগরের ঘরের পরিবর্তন লক্ষ্য করল।

Y ella corrió a la sala, extremadamente insultada.

আর সে অত্যন্ত অপমানিত হয়ে দৌড়ে বসার ঘরে ঢুকে গেল।

Su madre levantó las manos y trató de implorarle.

তার মা হাত তুলে তাকে অনুনয় করার চেষ্টা করলেন।

Pero a pesar de una explicación sincera, ella rompió a llorar.

কিন্তু আন্তরিক ব্যাখ্যা সত্ত্বেও, সে কেঁদে ফেলল।

El padre, por supuesto, se sobresaltó y se levantó de la silla.

বাবা অবশ্যই চমকে উঠেছিলেন তার চেয়ার থেকে।

Y los dos padres miraban asombrados e impotentes.

আর দুই বাবা-মা অবাক ও অসহায় হয়ে তাকিয়ে রইল।

Y con el tiempo sus emociones también se agitaron.

এবং অবশেষে তাদের আবেগও উত্তেজিত হয়ে ওঠে।

El padre reprochó a la madre lo que había hecho.

বাবা তার কৃতকর্মের জন্য মাকে তিরস্কার করলেন।

"Deberías haber dejado la habitación para que Grete la limpiara."

"তোমার উচিত ছিল গ্রেটের জন্য ঘরটি পরিষ্কার করার জন্য রেখে যাওয়া।"

Grete le gritó a la madre por limpiar su habitación.

গ্রেট তার ঘর পরিষ্কার করার জন্য মায়ের উপর চিৎকার করে উঠল।

"¡Nunca más podrás limpiar su habitación!"

"তোমাকে আর কখনও তার ঘর পরিষ্কার করার অনুমতি দেওয়া হবে না!"

La madre intentó arrastrar al padre al dormitorio.
মা বাবাকে টেনে বেডরুমে নিয়ে যাওয়ার চেষ্টা করলেন।

La hermana se quedó en la habitación, temblando y sollozando.
বোনটি ঘরেই পড়ে ছিল, কাঁপছিল এবং কাঁদছিল।

Y golpeó la mesa con sus pequeños puños.
আর সে তার ছোট ছোট মুষ্টি দিয়ে টেবিলে আঘাত করল।

Y Gregor, enojado, siseó fuertemente contra todos ellos.
আর গ্রেগর তাদের সকলের উপর রাগে জোরে ফিসফিস করে বলল।

¿Por qué a nadie se le ocurrió cerrarle la puerta?
কেন কেউ তার জন্য দরজা বন্ধ করার কথা ভাবেনি?

Podrían haberle ahorrado esta vista y este ruido.
তারা তাকে এই দৃশ্য এবং শব্দ থেকে রক্ষা করতে পারত।

La hermana estaba agotada después de llegar a casa del trabajo.
কাজ থেকে বাড়ি ফিরে বোনটি ক্লান্ত হয়ে পড়েছিল।

Y cuidar a Gregor era aún más trabajo para ella.
আর গ্রেগরের যত্ন নেওয়া তার জন্য আরও বেশি কাজ ছিল।

Pero eso no significaba que la madre debía haberlo hecho.
কিন্তু তার মানে এই নয় যে মায়ের এটা করা উচিত ছিল।

A Gregor, por el contrario, no hay que descuidarlo.
অন্যদিকে, গ্রেগরকে অবহেলা করা উচিত নয়।

Pero ahora tenían una nueva criada que podía hacer esas cosas.
কিন্তু এখন তাদের একজন নতুন দাসী আছে যে এই ধরনের কাজ করতে পারে।

Una viuda anciana que tenía una estructura ósea robusta.
একজন বৃদ্ধা বিধবা, যার হাড়ের গঠন ছিল মজবুত।

Una estatura que la ayudó a sobrevivir a su difícil vida.
এমন একটি মর্যাদা যা তাকে তার কঠিন জীবন টিকিয়ে রাখতে সাহায্য করেছিল।

Ella no sentía ninguna aversión real hacia la apariencia de Gregor.

গ্রেগরের চেহারার প্রতি তার কোন বিতৃষ্ণা ছিল না।

Ella había abierto accidentalmente la puerta de la habitación de Gregor.

সে ভুল করে গ্রেগরের ঘরের দরজা খুলে দিয়েছিল।

No fue por ninguna curiosidad particular sobre la habitación.

এটা ঘরটি সম্পর্কে কোনও বিশেষ কৌতূহলের কারণে হয়নি।

Ella simplemente estaba haciendo su trabajo y por casualidad abrió la puerta.

সে কেবল তার কাজ করছিল, আর হঠাৎ দরজা খুলে গেল।

Gregor, por supuesto, quedó completamente sorprendido por ella.

অবশ্যই, গ্রেগর তার কথা শুনে পুরোপুরি অবাক হয়ে গেল।

No lo perseguían, sino que corría de un lado a otro.

তাকে তাড়া করা হচ্ছিল না, কিন্তু সে এদিক-ওদিক দৌড়াচ্ছিল।

Y ella simplemente cruzó sus brazos y lo observó gatear.

আর সে শুধু তার হাত ভাঁজ করে, আর তাকে হামাগুড়ি দিতে দেখল।

Desde entonces ella siempre le abría un poquito la puerta.

তারপর থেকে, সে সবসময় তার জন্য একটু একটু করে দরজা খুলে দিত।

Una mañana ella entró para ver cómo estaba.

সকালে একবার সে তার ছেলে কেমন আছে তা দেখার জন্য ভেতরে তাকাল।

Y por la tarde ella fue a ver cómo estaba antes de irse.

আর সন্ধ্যায় সে চলে যাওয়ার আগে তার খোঁজ নিয়েছিল।

Al principio ella también intentó llamarlo para que viniera con ella.

প্রথমে সে তাকে তার কাছে আসার জন্য ডাকতেও চেষ্টা করেছিল।

"¡Ven aquí, viejo escarabajo pelotero!", solía decir.

"এখানে এসো, বুড়ো গোবরের পোকা!" সে বলত।

O ella dijo, "¡mira ese viejo escarabajo pelotero!", amigablemente.

অথবা সে বলল, "পুরনো গোবরের পোকাটা দেখো!", বন্ধুত্বপূর্ণ।

Gregor nunca reaccionó cuando le hablaron de esa manera.
গ্রেগর কখনোই এভাবে কথা বলার প্রতি সাড়া দেয়নি।

Él permaneció allí, sin moverse, y la ignoró.
সে সেখানেই রইল, নড়াচড়া না করে, আর তাকে উপেক্ষা করল।

"Si le hubieran dicho cómo hacer correctamente su trabajo."
"যদি তাকে বলা যেত কিভাবে তার কাজ সঠিকভাবে করতে হবে।"

"En lugar de molestarme debería limpiar mi habitación."
"আমাকে বিরক্ত করার পরিবর্তে তার উচিত আমার ঘর পরিষ্কার করা।"

Una mañana temprano una fuerte lluvia golpeó las ventanas.
একবার ভোরে জানালা দিয়ে প্রচণ্ড বৃষ্টি নামল।

Quizás la lluvia ya era una señal de la llegada de la primavera.
হয়তো বৃষ্টি ইতিমধ্যেই আসন্ন বসন্তের ইঙ্গিত দিচ্ছিল।

La criada comenzó a hablarle de esa manera una vez más.
দাসীটি আবারও তার সাথে সেইভাবে কথা বলতে শুরু করল।

Gregor estaba tan amargado que se giró para mirarla.
গ্রেগর এতটাই তিক্ত হয়ে উঠল যে সে তার দিকে মুখ ফিরিয়ে নিল।

Era lento y débil, pero fue una especie de ataque.
সে ধীর এবং দুর্বল ছিল, কিন্তু এটা একধরনের আক্রমণ ছিল।

La criada, sin embargo, no tenía ningún miedo de Gregor.
তবে দাসীটি গ্রেগরকে মোটেও ভয় পেত না।

En lugar de eso, levantó una silla que estaba cerca de la puerta.
পরিবর্তে, সে দরজার কাছে থাকা একটি চেয়ার তুলে ধরল।

Y ella permaneció allí, tranquilamente, con la boca abierta.
আর সে সেখানেই দাঁড়িয়ে রইল, শান্তভাবে, মুখ খোলা রেখে।

Sus intenciones eran claras, incluso Gregor podía verlo.
তার উদ্দেশ্য স্পষ্ট ছিল, এমনকি গ্রেগরও তা দেখতে পেত।

Y se giró, lentamente, a su posición original.
এবং সে ধীরে ধীরে তার আসল অবস্থানে ফিরে গেল।

—Entonces no quieres acercarte más, ¿verdad?

"তাহলে তুমি আর কাছে আসতে চাও না, তাই না?"

Y silenciosamente volvió a poner la silla en la esquina.
আর সে চুপচাপ চেয়ারটা কোণে ফিরিয়ে রাখল।

Gregor ya casi no comía nada.
গ্রেগর আর প্রায় কিছুই খাচ্ছিল না।

A veces, mientras caminaba por la habitación, se detenía.
মাঝে মাঝে, ঘরের মধ্যে হাঁটার সময়, সে থেমে যেত।

Y se encontró junto a la comida preparada para él.
আর সে নিজেকে তার জন্য প্রস্তুত খাবারের পাশে পেল।

Se llevó la comida a la boca, pero sólo para jugar con ella.
সে খাবারটা মুখে দিল, কিন্তু শুধু খেলার জন্য।

Y muy a menudo lo escupía de nuevo al cabo de unas horas.
আর প্রায়শই কয়েক ঘন্টা পর আবার থুতু ফেলে দিত।

Trató de encontrar una razón para su falta de apetito.
সে তার ক্ষুধা না লাগার কারণ খুঁজে বের করার চেষ্টা করল।

Quizás porque estaba triste por el estado de su habitación.
হয়তো কারণ সে তার ঘরের অবস্থা নিয়ে দুঃখিত ছিল।

Pero ya se había adaptado a los cambios que se producían en
la habitación.
কিন্তু সে ঘরের পরিবর্তনের সাথে মানিয়ে নিয়েছিল।

Recientemente su habitación se había convertido en una
especie de almacén.
সম্প্রতি তার ঘরটি এক ধরণের স্টোরেজ রুমে পরিণত হয়েছে।

Se habían acostumbrado a dejar las cosas allí.
জিনিসপত্র সেখানে ফেলে রাখা তাদের অভ্যাসে পরিণত হয়েছিল।

Y ahora quedaban muchas cosas así en su habitación.
আর এখন তার ঘরে এরকম অনেক জিনিসপত্র অবশিষ্ট ছিল।

Porque una habitación del apartamento estaba alquilada.
কারণ অ্যাপার্টমেন্টের একটি ঘর ভাড়া দেওয়া হয়েছিল।

Tres caballeros serios alquilaban la habitación juntos.
তিনজন আন্তরিক ভদ্রলোক একসাথে ঘরটি ভাড়া করছিলেন।

Gregor los vio una vez a través de una rendija en la puerta.
গ্রেগর একবার দরজার ফাটল দিয়ে তাদের লক্ষ্য করেছিল।

Llevaban barbas pobladas y estaban vestidos meticulosamente.
তাদের পূর্ণ দাড়ি ছিল, এবং তারা খুব যত্ন সহকারে পোশাক পরেছিল।

Eran escrupulosos en mantener todo ordenado.
তারা সবকিছু পরিষ্কার-পরিচ্ছন্ন রাখার ব্যাপারে অত্যন্ত সতর্ক ছিল।

Su insistencia en el orden no se limitaba a su habitación.
পরিষ্কার-পরিচ্ছন্নতার উপর তাদের জেদ তাদের ঘরেই সীমাবদ্ধ ছিল না।

Todo el apartamento tenía que mantenerse perfectamente limpio.
পুরো অ্যাপার্টমেন্টটি পুরোপুরি পরিষ্কার রাখতে হয়েছিল।

Eran aún más exigentes con el aspecto de la cocina.
রান্নাঘরটা কেমন দেখাচ্ছে তা নিয়ে তারা আরও বেশি চিন্তিত ছিল।

Y no podían tolerar ningún desorden innecesario.
আর তারা অপ্রয়োজনীয় কোনও ঝামেলা সহ্য করতে পারত না।

También habían traído consigo sus propios muebles.
তারা তাদের নিজস্ব আসবাবপত্রও সাথে করে নিয়ে এসেছিল।

Por esta razón muchas cosas se habían vuelto superfluas.
এই কারণে, অনেক কিছুই অপ্রয়োজনীয় হয়ে পড়েছিল।

Eran cosas por las que nadie pagaría dinero.
এগুলো এমন জিনিস ছিল যার জন্য কেউ কোন টাকা দিত না।

Pero la familia tampoco quería deshacerse de estas cosas.
কিন্তু পরিবারও এই জিনিসগুলো ফেলে দিতে চাইছিল না।

Todas estas cosas fueron a parar a la habitación de Gregor.
এই সব জিনিসপত্র গ্রেগরের ঘরে কোথাও ঢুকে গেছে।

El cajón de cenizas de la cocina ahora estaba guardado en su habitación.
রান্নাঘরের ছাইয়ের বাক্সটি এখন তার ঘরে রাখা আছে।

Y la basura se guardaba en su habitación hasta el día de la basura.
আর আবর্জনাগুলো আবর্জনা দিবস পর্যন্ত তার ঘরেই রাখা হয়েছিল।

La criada arrojó todo lo que no necesitaba en su habitación.

কাজের মেয়েটি তার ঘরে অপ্রয়োজনীয় জিনিসপত্র ছুঁড়ে মারল।

Afortunadamente no vio más que la mano y el objeto.

ভাগ্যক্রমে সে হাত আর জিনিসটা ছাড়া আর কিছুই দেখতে পেল না।

Probablemente tenía la intención de volver a buscar las cosas más tarde.

সে সম্ভবত পরে আবার আসার কথা ভাবছিল।

O tal vez quería tirarlo todo de una vez.

অথবা হয়তো সে এক ঝটকায় সবকিছু ফেলে দিতে চেয়েছিল।

Sin embargo, todo permaneció donde había quedado al principio.

তবে, সবকিছুই যেখানে প্রথমে এসেছিল সেখানেই রয়ে গেছে।

A menos que Gregor moviera la basura moviéndose a través de ella.

যদি না গ্রেগর আবর্জনাটি নাড়িয়ে নাড়ত।

Al principio se vio obligado a arrastrarse entre toda la basura.

প্রথমে তাকে সমস্ত আবর্জনার মধ্য দিয়ে হামাগুড়ি দিতে বাধ্য করা হয়েছিল।

No tenía posibilidad de evitarlo.

তার পক্ষে এটা এড়ানোর কোন সম্ভাবনা ছিল না।

Pero más tarde realmente encontró placer en esta actividad.

কিন্তু পরে তিনি আসলে এই কাজে আনন্দ খুঁজে পান।

Aunque tal esfuerzo lo dejó triste y profundamente cansado.

যদিও এই প্রচেষ্টা তাকে দুঃখিত এবং গভীরভাবে ক্লান্ত করে তুলেছিল।

Y después no pudo moverse durante muchas horas.

এবং এরপর সে অনেক ঘন্টা নড়াচড়া করতে পারছিল না।

Los inquilinos a veces comían en la sala de estar.

মাঝেমধ্যেই বাড়ির বাসিন্দারা বসার ঘরে খাবার খেত।

La puerta del salón permanecía cerrada esas noches.

সেই সন্ধ্যাগুলোতে বসার ঘরের দরজা বন্ধ থাকত।

Pero a Gregor no le resultó difícil no abrir la puerta.

কিন্তু গ্রেগরের এখন দরজা না খোলার কোনও অসুবিধা হল না।

Incluso cuando la puerta estaba abierta, no siempre miraba hacia afuera.

দরজা খোলা থাকলেও সে সবসময় বাইরের দিকে তাকাত না।

Pero él se acostó en el rincón más oscuro de la habitación.

কিন্তু সে নিজেকে ঘরের সবচেয়ে অন্ধকার কোণে শুইয়ে দিল।

La familia tampoco notó su falta de atención.

পরিবারও তার মনোযোগের অভাব লক্ষ্য করেনি।

Pero hubo una vez que la criada dejó la puerta abierta.

কিন্তু একবার দাসী দরজা খোলা রেখে চলে গেল।

La puerta permaneció abierta incluso cuando los inquilinos regresaron.

অতিথিরা ফিরে আসার পরেও দরজা খোলা ছিল।

Y la puerta estaba abierta cuando se encendió la luz.

আর আলো জ্বালানোর সময় দরজা খোলা ছিল।

El hombre se sentó a la mesa donde la familia cenaba.

লোকটি সেই টেবিলে বসেছিল যেখানে পরিবারের সবাই রাতের খাবার খাচ্ছিল।

Allí se sentaron en el pasado el padre, la madre y Gregor.

আগের দিনে বাবা, মা এবং গ্রেগর সেখানে বসতেন।

Desplegaron las servilletas y cogieron cuchillos y tenedores.

তারা ন্যাপকিনগুলো খুলে ফেলল, আর ছুরি আর কাঁটা নিল।

La madre apareció en la puerta con un plato de carne.

মা দরজায় মাংসের বাটি নিয়ে হাজির হলেন।

Entonces la hermana entró con un cuenco lleno de patatas.

তারপর বোনটি আলু ভর্তি একটি বাটি নিয়ে ভেতরে এলো।

Los inquilinos se inclinaron sobre los cuencos colocados delante de ellos.

লজাররা তাদের সামনে রাখা বাটিগুলোর উপর ঝুঁকে পড়ল।

El humo denso de la comida les llegaba hasta la nariz.

খাবারের ভারী ধোঁয়া তাদের নাকে এসে লাগল।

Pero aún no habían decidido si comerían la comida.

কিন্তু তারা এখনও খাবার খাবে কিনা তা ঠিক করেনি।

Quizás enviarían la comida de vuelta a la cocina.

হয়তো তারা খাবারটা রান্নাঘরে ফেরত পাঠাবে।

El hombre sentado en el medio parecía ser la autoridad.

মাঝখানে বসা লোকটিকে কর্তৃপক্ষ বলে মনে হচ্ছিল।

Cortó la carne para determinar si estaba lo suficientemente tierna.

সে মাংস কেটে নিল, এটা যথেষ্ট নরম কিনা তা দেখার জন্য।

Estaba satisfecho con el olor y el aspecto de la comida.

খাবারের গন্ধ এবং চেহারা দেখে সে সন্তুষ্ট ছিল।

La madre y la hermana los observaban ansiosamente.

মা আর বোন উদ্বিগ্নভাবে তাদের দিকে তাকিয়ে ছিল।

Y empezaron a sonreír con un suspiro de alivio.

আর তারা স্বস্তির নিঃশ্বাস ফেলে হাসতে শুরু করল।

La propia familia iba a comer en la cocina.

পরিবারের সবাই রান্নাঘরে খেতে যাচ্ছিল।

Pero primero el padre fue a ver cómo estaban los inquilinos.

কিন্তু প্রথমে বাবা লজারদের খোঁজ নিতে গেলেন।

Hizo una reverencia, sosteniendo en su mano su gorra de trabajo.

সে একবার প্রণাম করল, তার কাজের টুপিটি হাতে ধরে।

Y caminó en círculo alrededor de la mesa, hacia cada invitado.

আর সে টেবিলের চারপাশে একটা বৃত্ত ঘুরিয়ে প্রতিটি অতিথির কাছে গেল।

Todos los inquilinos se pusieron de pie y murmuraron algo entre dientes.

অতিথিরা সকলেই দাঁড়িয়ে রইল, তাদের দাঁড়িয়ে বিড়বিড় করতে লাগল।

Después de que él se fue, comieron en un silencio casi absoluto.

তিনি চলে যাওয়ার পর তারা প্রায় সম্পূর্ণ নীরবে খাবার খেল।

A Gregor le pareció extraño que pudiera oír la masticación.

গ্রেগরের কাছে এটা অদ্ভুত মনে হলো যে সে চিবানোর শব্দ শুনতে পাচ্ছে।

Ningún otro aspecto de la alimentación parecía emitir ningún sonido.

খাওয়ার অন্য কোনও দিকই তেমন একটা শব্দ করেনি বলে মনে হচ্ছে।

Pero podía oír claramente el rechinar de los dientes.

কিন্তু সে স্পষ্টভাবে দাঁত কিড়মিড় করার শব্দ শুনতে পেল।

Parecían decirle que necesitaba dientes para comer.

মনে হচ্ছিল তারা তাকে বলছিল যে খাওয়ার জন্য তার দাঁতের প্রয়োজন।

"No puedes hacer nada si tus mandíbulas no tienen dientes".

"তোমার চোয়াল দাঁতহীন থাকলে তুমি কিছুই করতে পারবে না।"

"Me gustaría comer algo", dijo Gregor ansiosamente.

"আমি কিছু খেতে চাই", গ্রেগর উদ্বিগ্নভাবে বলল।

"Pero no tengo apetito para lo que están comiendo".

"কিন্তু তোমরা যা খাচ্ছো তাতে আমার কোন ক্ষুধা নেই।"

"Mira cómo comen estos huéspedes y yo aquí muriéndome de hambre".

"এই দেখো, এই লজাররা খাচ্ছে, আর আমি ক্ষুধার্ত।"

Aquella noche Gregor pensó por casualidad en el violín.

সেই সন্ধ্যায় গ্রেগরের মনে হঠাৎ করেই বেহালার কথাটা এলো।

No había oído el violín desde la transformación.

রূপান্তরের পর থেকে সে বেহালা শোনেনি।

Pero entonces, esta noche, se oyó un ruido desde la cocina.

কিন্তু তারপর, আজ সন্ধ্যায়, রান্নাঘর থেকে একটা শব্দ এলো।

Los caballeros ya habían terminado su cena.

ভদ্রলোকরা ইতিমধ্যেই তাদের রাতের খাবার শেষ করে ফেলেছিলেন।

El caballero del medio había comenzado a leer un periódico.

মধ্যম ভদ্রলোকটি খবরের কাগজ পড়া শুরু করেছিলেন।

Les había dado a los otros dos caballeros una hoja a cada uno.

তিনি অন্য দুই ভদ্রলোককে একটি করে চাদর দিয়েছিলেন।

Y ahora estaban recostados, leyendo y fumando.

আর এখন তারা পিছনে ঝুঁকে পড়ছিল আর ধূমপান করছিল।

Cuando el violín empezó a sonar, se pusieron atentos.

যখন বেহালা বাজানো শুরু করল, তারা মনোযোগী হয়ে উঠল।

Se levantaron y caminaron de puntillas hacia la puerta de la antesala.
তারা উঠে দাঁড়ালো এবং পা টিপে টিপে সামনের ঘরের দরজার দিকে হেঁটে গেল।

Allí estaban, acurrucados juntos, escuchando desde la puerta.
এখানে তারা একসাথে জড়ো হয়ে দাঁড়িয়ে দরজায় কথা শুনছিল।

La familia debió haber escuchado a los hombres desde la cocina.
পরিবারটি নিশ্চয়ই রান্নাঘরের পুরুষদের কথা শুনেছে।

Porque el padre los llamó y les preguntó;
কারণ বাবা তাদের ডেকে জিজ্ঞাসা করেছিলেন;

¿Acaso el violín resulta incómodo para los caballeros?
"ভদ্রলোকদের জন্য কি বেহালাটা সম্ভবত অস্বস্তিকর?"

"Si no te gusta la música podemos parar inmediatamente."
"যদি তোমার গান পছন্দ না হয়, তাহলে আমরা অবিলম্বে থামিয়ে দিতে পারি।"

"Al contrario", dijo el centro de los caballeros.
"বিপরীতভাবে," ভদ্রলোকদের মাঝখানের লোকটি বলল।

"¿Le gustaría a la señorita tocar el violín en nuestra habitación?"
"যুবতী কি আমাদের ঘরে বেহালা বাজাতে চাইবে?"

"Definitivamente es mucho más cómodo y acogedor aquí".
"এখানে অবশ্যই অনেক বেশি আরামদায়ক এবং আরামদায়ক।"

El padre respondió como si fuera el propio violinista.
বাবা এমনভাবে উত্তর দিলেন যেন তিনি নিজেই বেহালা বাদক।

"Oh, por favor, eso sería maravilloso", exclamó el padre.
"ওহ, দয়া করে, এটা দারুন হবে," বাবা চিৎকার করে বললেন।

Los caballeros regresaron a la sala de estar y esperaron.
ভদ্রলোকরা বসার ঘরে ফিরে অপেক্ষা করতে লাগলেন।

Pronto el padre entró en la habitación con el atril.

শীঘ্রই বাবা মিউজিক স্ট্যান্ড নিয়ে ঘরে ঢুকলেন।

La madre entró en la habitación con el libro de música.
মা গানের বইটি নিয়ে ঘরে এলেন।

Y la hermana entró en la habitación con el violín.
আর বোনটি বেহালা নিয়ে ঘরে এলো।

Ella preparó todo con calma para tocar el violín.
সে শান্তভাবে বেহালা বাজানোর জন্য সবকিছু প্রস্তুত করল।

Los padres exageraron su cortesía y modales.
বাবা-মা তাদের ভদ্রতা এবং আচার-ব্যবহারকে অতিরঞ্জিত করেছিলেন।

Nunca antes habían alquilado habitaciones a huéspedes.
তারা আগে কখনও লজারদের ঘর ভাড়া দেয়নি।

Y ni siquiera se atrevieron a sentarse en sus propias sillas.
আর তারা নিজেদের চেয়ারে বসার সাহসও করেনি।

En lugar de sentarse, el padre se apoyó contra la puerta.
বাবা বসার পরিবর্তে দরজার দিকে ঝুঁকে পড়লেন।

Su mano derecha estaba entre dos botones de su abrigo.
তার ডান হাতটি তার কোটের দুটি বোতামের মাঝখানে ছিল।

Sin embargo, un caballero le ofreció una silla a la madre.
তবে, একজন ভদ্রলোক মাকে একটি চেয়ার অফার করেছিলেন।

Pero ella se sentó donde el caballero había colocado la silla.
কিন্তু সে সেখানেই বসেছিল যেখানে ভদ্রলোক চেয়ারটি রেখেছিলেন।

Y no había colocado la silla en ningún lugar determinado.
আর সে চেয়ারটা কোথাও নির্দিষ্ট করে রাখেনি।

Así que la madre se sentó apartada de todos, en un rincón.
তাই মা সবার থেকে আলাদা হয়ে এক কোণে বসে রইলেন।

Y finalmente la hermana empezó a tocar el violín.
এবং অবশেষে বোনটি বেহালা বাজানো শুরু করল।

Los padres, en lados opuestos, prestaron mucha atención.
বিপরীত দিকের বাবা-মায়েরা খুব মনোযোগ দিয়েছিলেন।

Y observaban atentamente cada movimiento de su mano.
আর তারা তার হাতের প্রতিটি নড়াচড়া সাবধানে পর্যবেক্ষণ করছিল।

Gregor también se sentía atraído por la interpretación del violín.

গ্রেগরও বেহালা বাজানোর প্রতি আকৃষ্ট হয়েছিলেন।

Y se aventuró a salir de su habitación un poco más lejos.

আর সে তার ঘর থেকে আরও একটু এগিয়ে গেল।

Él ya estaba con la cabeza dentro de la sala.

সে ইতিমধ্যেই মাথা নিচু করে বসার ঘরের ভেতরে ছিল।

Solía enorgullecerse de ser muy considerado.

তিনি খুব যত্নশীল হতে পেরে খুব গর্বিত ছিলেন।

Pero últimamente casi no cuestiona su falta de cuidado.

কিন্তু সম্প্রতি তিনি তার যত্নের অভাব নিয়ে খুব একটা প্রশ্ন তোলেননি।

Aunque ahora tenía más motivos para esconderse que antes.

যদিও তার এখন আগের তুলনায় লুকিয়ে থাকার আরও বেশি কারণ ছিল।

Porque su habitación estaba cubierta de polvo y suciedad diversa.

কারণ তার ঘরটি ধুলো এবং বিভিন্ন ময়লায় ঢাকা ছিল।

El más leve movimiento levantaba todo tipo de suciedad.

সামান্য নড়াচড়ায় নানা ধরণের নোংরামি ছড়িয়ে পড়ে।

Toda esa suciedad se le pegó: polvo, pelo, restos de comida.

এই সমস্ত ময়লা তার গায়ে লেগে আছে; ধুলো, চুল, খাবার রয়ে গেছে।

Podría haber frotado la suciedad contra la alfombra.

সে কার্পেটের উপর ময়লা ঘষে ঘষে মুছে ফেলতে পারত।

Esto era algo que solía hacer varias veces al día.

এটা সে প্রতিদিন বেশ কয়েকবার করত।

Pero su indiferencia hacia todo era demasiado grande.

কিন্তু সবকিছুর প্রতি তার উদাসীনতা ছিল অনেক বেশি।

Así que no tuvo miedo de avanzar un poco más.

তাই সে একটু এগিয়ে যেতে ভয় পেল না।

Y se trasladó al inmaculado suelo de la sala de estar.

আর সে লিভিং রুমের পরিষ্কার মেঝেতে চলে গেল।

Sin embargo, nadie se dio cuenta ni le prestó atención.

কিন্তু, কেউ তার দিকে খেয়াল করেনি, অথবা তার দিকে কোন মনোযোগ দেয়নি।

La familia estaba completamente absorta en el concierto.
পরিবারটি কনসার্টের সাথে সম্পূর্ণরূপে মগ্ন ছিল।

Los caballeros, por el contrario, inicialmente se retiraron.
অন্যদিকে, ভদ্রলোকরা প্রথমে পিছু হটেছিলেন।

Y se quedaron cerca, detrás del atril de la hermana.
আর তারা বোনের মিউজিক স্ট্যান্ডের খুব কাছে দাঁড়িয়ে ছিল।

Si hubieran mirado habrían podido ver las notas musicales.
যদি তারা দেখত, তাহলে তারা সঙ্গীতের স্বর দেখতে পেত।

Esto, por supuesto, habría perturbado a la hermana.
অবশ্যই, এতে বোনটি বিরক্ত হতো।

Luego se quedaron de pie junto a la ventana, en lugar de sentarse.
তারপর তারা বসার পরিবর্তে জানালার পাশে দাঁড়াল।

Con las manos en los bolsillos seguían hablando.
পকেটে হাত রেখে তারা কথা বলতে থাকল।

Permanecieron allí mientras el padre observaba ansiosamente.
বাবা যখন উদ্বিগ্নভাবে তাকিয়ে রইলেন, তখন তারা সেখানেই রইল।

Uno tenía la impresión de que tenían otras expectativas.
একজনের ধারণা ছিল যে তাদের অন্য প্রত্যাশা আছে।

Y realmente parecía como si se hubieran decepcionado.
আর মনে হচ্ছিল যেন তারা সত্যিই হতাশ হয়ে পড়েছে।

Parecía que ya estaban hartos de la actuación.
মনে হচ্ছিল তাদের অভিনয় যথেষ্ট হয়ে গেছে।

Habían permitido que el violín perturbara su paz.
তারা বেহালাকে তাদের শান্তি বিঘ্নিত করার অনুমতি দিয়েছিল।

Y sólo toleraban la música por cortesía.
আর তারা কেবল ভদ্রতার খাতিরে সঙ্গীত সহ্য করেছিল।

Lo que más me desconcertó fue cómo expulsaron el humo.

তারা যেভাবে ধোঁয়া উড়িয়ে দিয়েছিল তা বিশেষভাবে অস্থির করে তুলেছিল।

Y aún así, tocaba el violín maravillosamente.
আর তবুও সে এত সুন্দর করে বেহালা বাজাচ্ছিল।

Su rostro estaba inclinado suavemente hacia un lado, sobre el violín.
তার মুখটা আলতো করে পাশে হেলে ছিল, বেহালার উপর।

Sus ojos buscaban con tristeza las líneas musicales.
তার চোখ দুঃখের সাথে সঙ্গীতের ধারা খুঁজছিল।

Gregor se sintió atraído un poco más hacia la sala de estar.
গ্রেগর বসার ঘরে আরও একটু বেশি টান অনুভব করল।

Mantuvo la cabeza cerca del suelo, pero miró hacia arriba.
সে মাথাটা মাটির কাছে রাখল, কিন্তু উপরের দিকে তাকাল।

Tal vez de esta manera la mirada de su hermana podría encontrarse con la suya.
হয়তো এভাবেই তার বোনের দৃষ্টি তার চোখে পড়তে পারে।

¿Puede realmente decirse que era sólo un animal?
এটা কি সত্যিই বলা যেতে পারে যে সে কেবল একটি প্রাণী ছিল?

¿Era un animal si la música podía cautivarlo tanto?
যদি সঙ্গীত তাকে এতটা মোহিত করতে পারত, তাহলে সে কি পশু ছিল?

Sintió como si le mostraran un camino hacia una alimentación desconocida.
তার মনে হচ্ছিল যেন তাকে অজানা পুষ্টির পথ দেখানো হয়েছে।

Quizás éste era el sustento que le faltaba.
হয়তো এটাই ছিল সেই ভরণপোষণ যা সে হারাচ্ছিল।

Estaba decidido a dirigirse hacia su hermana.
সে তার বোনের দিকে যাওয়ার জন্য দৃঢ়প্রতিজ্ঞ ছিল।

Quería tirar de su falda para llamar su atención.
সে তার স্কার্ট টেনে তার দৃষ্টি আকর্ষণ করতে চাইল।

Quería darle una indicación de una invitación.
সে তাকে আমন্ত্রণের ইঙ্গিত দিতে চেয়েছিল।

"Ven a tocar el violín en mi habitación", quiso decir.

"আমার ঘরে এসে বেহালা বাজাও," সে বলতে চাইল।

Él quería que ella fuera recompensada por su hermosa música.

সে চেয়েছিলো তার সুন্দর সঙ্গীতের জন্য তাকে পুরস্কৃত করা হোক।

"Aquí nadie te recompensa por tocar el violín".

"এখানে কেউ তোমাকে বেহালা বাজানোর জন্য পুরস্কৃত করছে না।"

Él ya no quería dejarla salir de su habitación.

সে আর তাকে তার ঘর থেকে বের হতে দিতে চাইছিল না।

Él quería que ella permaneciera con él mientras viviera.

সে চেয়েছিল যতদিন সে বেঁচে থাকবে ততদিন সে তার সাথেই থাকবে।

Por primera vez su transformación tuvo un beneficio.

প্রথমবারের মতো তার রূপান্তরের একটা সুবিধা হল।

Su deformidad finalmente iba a serle útil.

তার বিকৃতি অবশেষে তার কাজে লাগতে চলেছে।

Quería estar en las cuatro puertas simultáneamente.

সে একই সাথে চারটি দরজায় থাকতে চেয়েছিল।

Quería silbarles y escupirles desde todos los ángulos.

সে ফিসফিস করে তাদের দিকে প্রতিটি কোণ থেকে থুতু ফেলতে চাইল।

Su hermana no debería verse obligada a quedarse con él.

তার বোনকে তার সাথে থাকতে বাধ্য করা উচিত নয়।

Él quería que ella eligiera quedarse con él voluntariamente.

সে চেয়েছিল যে সে স্বেচ্ছায় তার সাথে থাকতে পছন্দ করুক।

Ella iba a sentarse a su lado e inclinarse hacia él.

সে তার পাশে বসবে এবং তার দিকে ঝুঁকে পড়বে।

Y le iba a contar sobre la escuela de música.

আর সে তাকে সঙ্গীত বিদ্যালয়ের কথা বলতে যাচ্ছিল।

Tenía la firme intención de enviarla a la academia.

তার দৃঢ় ইচ্ছা ছিল তাকে একাডেমিতে পাঠানোর।

Se lo habría contado a todo el mundo la pasada Navidad.

সে গত ক্রিসমাসে সবাইকে এই কথাটা বলে দিত।

¿Ya había llegado y pasado realmente la Navidad?

বড়দিন কি সত্যিই আবার এসে চলে গিয়েছিল?

Y no habría dejado que nadie le disuadiera de ello.
আর তিনি কাউকেই তা থেকে বিরত রাখতে দিতেন না।

Pero entonces el desafortunado accidente lo detuvo todo.
কিন্তু তারপর দুর্ভাগ্যজনক দুর্ঘটনা সবকিছু থমকে দিল।

La hermana se habría sentido abrumada por la emoción.
বোনটি আবেগে আপ্লুত হয়ে যেত।

Y entonces Gregor se habría subido hasta su hombro.
আর তখন গ্রেগর তার কাঁধে উঠে যেত।

Y la habría consolado besándole el cuello.
আর সে তার ঘাড়ে চুমু খেয়ে তাকে সান্ত্বনা দিত।

—¡Señor Samsa! —gritó el hombre del medio al padre.
"মিঃ সামসা!" মাঝখানের লোকটি বাবাকে ডাকল।

Señalaba con su dedo índice hacia Gregor.
সে তার তর্জনী নিচু করে গ্রেগরের দিকে ইশারা করছিল।

Gregor se movía lentamente por el suelo de la sala de estar.
গ্রেগর ধীরে ধীরে বসার ঘরের মেঝে পেরিয়ে এগোচ্ছিল।

El sonido del violín se silenció muy rápidamente.
বেহালা বাজানো খুব দ্রুত স্তব্ধ হয়ে গেল।

El del medio de los tres hombres sonrió a sus amigos.
তিনজনের মাঝখানের লোকটি তার বন্ধুদের দিকে তাকিয়ে হাসল।

Luego meneó la cabeza y volvió a mirar a Gregor.
তারপর সে মাথা নাড়ল, এবং গ্রেগরের দিকে ফিরে তাকাল।

El padre podría haber obligado a Gregor a regresar a su habitación.
বাবা গ্রেগরকে জোর করে তার ঘরে ফিরিয়ে আনতে পারতেন।

Pero esa no fue la primera acción que decidió tomar.
কিন্তু এটাই তার প্রথম পদক্ষেপ ছিল না।

Pensó que era más importante calmar a los caballeros.
তিনি ভাবলেন ভদ্রলোকদের শান্ত করা আরও গুরুত্বপূর্ণ।

Aunque en realidad no estaban molestos en absoluto por Gregor.
যদিও তারা আসলে গ্রেগরের উপর মোটেও বিরক্ত ছিল না।

Gregor parecía más entretenido que tocar el violín.

গ্রেগরকে বেহালা বাজানোর চেয়ে বেশি বিনোদনমূলক মনে হচ্ছিল।

Corrió hacia ellos con los brazos extendidos.

সে তার বাহু প্রসারিত করে তাদের দিকে ছুটে গেল।

Estaba intentando hacer lo mejor que podía para ocultar su visión de Gregor.

সে গ্রেগর সম্পর্কে তাদের দৃষ্টিভঙ্গি ঢাকতে যথাসাধ্য চেষ্টা করছিল।

Y trató de animarlos a regresar a su habitación.

এবং সে তাদের ঘরে ফিরে যেতে উৎসাহিত করার চেষ্টা করল।

En realidad, esto los hizo enfadar un poco.

যদি কিছু হয়, তাহলে এটা তাদের একটু বিরক্ত করেছে।

Pero era difícil decir exactamente qué les molestaba.

কিন্তু ঠিক কী তাদের বিরক্ত করেছিল তা বলা কঠিন।

El padre estaba arruinando la diversión de la noche.

বাবা রাতের বিনোদন নষ্ট করছিলেন।

Pero también acababan de enterarse de su nuevo compañero de piso.

কিন্তু তারা তাদের নতুন ফ্ল্যাট সঙ্গীর কথাও জানতে পেরেছে।

Levantaron las manos tal como lo había hecho el padre.

তারা বাবার মতোই হাত তুলল।

Exigieron una explicación inmediata al padre.

তারা বাবার কাছ থেকে তাৎক্ষণিক ব্যাখ্যা দাবি করে।

Se tiraron inquietos de la barba esperando una respuesta.

তারা উত্তরের জন্য অস্থিরভাবে তাদের দাড়ি টেনে ধরল।

Y retrocedieron hasta su habitación, pero muy lentamente.

এবং তারা তাদের ঘরে পিছন দিকে সরে গেল, কিন্তু খুব ধীরে।

La interrupción había dejado a la hermana en trance.

এই বাধা বোনকে এক ধরণের স্তব্ধতায় ফেলে দিল।

Dejó que el violín y el arco colgaran a su lado.

সে বেহালা এবং ধনুকে তার পাশে ঝুলতে দিল।

Y ella miraba la partitura como si todavía estuviera tocando.

আর সে শিট মিউজিকের দিকে এমনভাবে তাকাল যেন এখনও বাজছে।

Pero de repente ella regresó a la habitación.
কিন্তু তারপর হঠাৎ সে নিজেকে ঘরে ফিরিয়ে নিল।

Y ahora había superado el sentimiento de estar perdida.
আর সে এখন হারিয়ে যাওয়ার অনুভূতি কাটিয়ে উঠেছে।

Ella colocó el instrumento musical en el regazo de su madre.
সে বাদ্যযন্ত্রটি তার মায়ের কোলে রাখল।

La madre estaba sentada en la silla, respirando con dificultad.
মা চেয়ারে বসে ছিলেন, জোরে জোরে নিঃশ্বাস ফেলছিলেন।

Y entonces la hermana tuvo que correr a la habitación de al lado.
আর তারপর বোনকে পাশের ঘরে দৌড়ে যেতে হলো।

Tenía que dejar todo listo para los caballeros.
ভদ্রলোকদের জন্য তাকে সবকিছু প্রস্তুত করতে হয়েছিল।

Ella arrojó las mantas y los cojines al aire.
সে কম্বল আর কুশনগুলো বাতাসে ছুঁড়ে মারল।

Y con sus manos expertas dispuso toda la ropa de cama.
আর তার দক্ষ হাতে সে সমস্ত বিছানাপত্র সাজিয়ে দিল।

Terminó antes de que los caballeros llegaran a la habitación.
ভদ্রলোকরা ঘরে পৌঁছানোর আগেই তার কাজ শেষ হয়ে গেল।

Y ella se escabulló antes de interponerse en su camino.
আর তাদের পথে আসার আগেই সে পিছলে বেরিয়ে গেল।

El padre parecía estar dominado por su propia terquedad.
বাবা যেন নিজের জেদের কাছে আটকে গেছেন।

Y así olvidó todo respeto que debía a sus inquilinos.
আর তাই সে তার ভাড়াটেদের প্রতি তার সমস্ত শ্রদ্ধা ভুলে গেল।

Empujó y empujó hasta que su portavoz se opuso.
তিনি ধাক্কাধাক্কি করেই চলে গেলেন যতক্ষণ না তাদের মুখপাত্র আপত্তি জানান।

Al llegar a la puerta, dio una patada furiosa.
দরজার কাছে পৌঁছানোর পর সে রেগে পায়ে আঘাত করল।

Y con esto logró detener al padre.

আর এভাবে সে বাবাকে স্থবির করে দিল।

"Por la presente declaro", comenzó dirigiéndose a su propietario.

"আমি এতদ্বারা ঘোষণা করছি," সে তার বাড়িওয়ালাকে সম্বোধন করতে শুরু করল।

Y levantó la mano, mirando a toda la familia.

আর সে হাত তুলল, পরিবারের সকলের দিকে তাকিয়ে।

"En cuanto a las repugnantes condiciones de la habitación;"

"ঘরের জঘন্য অবস্থার কথা বলতে গেলে;"

Y se aseguró de que todos escucharan sus palabras.

আর তিনি নিশ্চিত করলেন যে সকলেই তার কথা শুনছে।

"Por la presente, le comunico que desocuparé mi habitación".

"আমি এতদ্বারা নোটিশ দিচ্ছি যে আমি আমার ঘর খালি করে দেব।"

Y reiteró su punto escupiendo en el suelo.

আর সে মাটিতে থুথু ফেলে তার বক্তব্য আরও স্পষ্ট করে বলল।

"Tampoco pagaré por los días que he vivido aquí."

"আমি এখানে যে দিনগুলো কাটিয়েছি তার জন্যও টাকা দেব না।"

Sin embargo, no estaba completamente satisfecho con este reembolso.

তবে, তিনি এই ফেরত নিয়ে পুরোপুরি সন্তুষ্ট ছিলেন না।

"Y consideraré hacer otras demandas contra usted."

"আর আমি তোমার বিরুদ্ধে অন্যান্য দাবি করার কথা বিবেচনা করব।"

Créeme, tales exigencias serán muy fáciles de justificar.

"বিশ্বাস করুন, এই ধরনের দাবিগুলো ন্যায্যতা দেওয়া খুব সহজ হবে।"

Él permaneció en silencio y miró directamente al padre.

সে চুপ করে রইল এবং সরাসরি বাবার দিকে তাকাল।

Parecía estar esperando que sucediera algo más.

মনে হচ্ছিল সে আরও কিছু ঘটবে বলে আশা করছে।

De hecho, sus dos amigos inmediatamente tuvieron la misma idea.

আসলে, তার দুই বন্ধুরও তৎক্ষণাৎ একই ধারণা এসেছিল।

"También estamos cancelando nuestras habitaciones",
dijeron al unísono.
"আমরা আমাদের ঘরগুলিও বাতিল করছি," তারা সমস্বরে বলল।

Luego agarró la manija de la puerta y cerró la puerta.
তারপর সে দরজার হাতল ধরে দরজা বন্ধ করে দিল।

Y con un fuerte estruendo se encerraron en su habitación.
আর একটা জোরে শব্দ করে তারা নিজেদের ঘরে বন্ধ করে দিল।

El padre se tambaleó hasta su silla con manos torpes.
বাবা হাত কামড়ে ধরে টলতে টলতে তার চেয়ারে বসলেন।

Y se dejó caer en la silla, derrotado.
আর সে নিজেকে পরাজিত হয়ে চেয়ারে পড়ে যেতে দিল।

Parecía como si fuera a echar su siesta vespertina habitual.
দেখে মনে হচ্ছিল যেন সে তার স্বাভাবিক সন্ধ্যার ঘুমের জন্য যাচ্ছে।

Pero su cabeza asintió casi como si no tuviera apoyo.
কিন্তু তার মাথা এমনভাবে নাড়ল যেন তা সমর্থনযোগ্য ছিল না।

Y se podía ver que no estaba durmiendo en absoluto.
আর দেখা যাচ্ছিল যে সে মোটেও ঘুমাচ্ছিল না।

Durante todo este tiempo Gregor no se había movido de su
sitio.
এই সবের মধ্যে গ্রেগর তার জায়গা থেকে নড়েনি।

Todavía estaba donde los caballeros lo habían visto por
primera vez.
ভদ্রলোকরা তাকে যেখানে প্রথম দেখেছিলেন, তিনি এখনও সেখানেই
ছিলেন।

Incluso si hubiera querido moverse, le resultó imposible.
এমনকি যদি সে নড়াচড়া করতে চায়, তবুও সে এটা অসম্ভব বলে মনে
করে।

Por su decepción, o por su hambre.
তার হতাশার কারণে, অথবা তার ক্ষুধার কারণে।

Estaba decepcionado por el fracaso de su plan.
তার পরিকল্পনা ব্যর্থ হওয়ায় সে হতাশ হয়ে পড়ে।

Y estaba débil por el hambre prolongada que sentía.

আর দীর্ঘ ক্ষুধার কারণে সে দুর্বল হয়ে পড়েছিল।

Estaba seguro de que en cualquier momento todos se volverían contra él.
সে নিশ্চিত ছিল যে যেকোনো মুহূর্তে সবাই তার উপর চড়াও হবে।

Con esta expectativa de colapso inminente, esperó.
এই অনিবার্য পতনের প্রত্যাশা নিয়ে তিনি অপেক্ষা করছিলেন।

El violín empezó a deslizarse del regazo de la madre.
মায়ের কোল থেকে বেহালাটা পিছলে যেতে লাগল।

Con un sonido resonante el violín cayó al suelo.
প্রচণ্ড শব্দে বেহালাটি মাটিতে পড়ে গেল।

Pero ni siquiera ese repentino ruido estrepitoso lo sobresaltó.
কিন্তু এই আকস্মিক বিধ্বস্ত শব্দও তাকে চমকে দেয়নি।

«Queridos padres», dijo la hermana, «esto no puede continuar».
"প্রিয় বাবা-মা," বোন বলল, "এটা চলতে পারে না।"

Y golpeó la mesa con la mano para dejar claro su punto.
আর সে তার কথা স্পষ্ট করার জন্য টেবিলে হাত ঠুকে দিল।

"No diré el nombre de mi hermano delante de este monstruo".
"এই দানবের আগে আমি আমার ভাইয়ের নাম বলব না।"

"Por eso lo digo lo más claramente posible:"
"এজন্যই আমি যতটা সম্ভব স্পষ্টভাবে বলছি:"

"No tenemos otra opción que deshacernos de este animal".
"এই প্রাণীটিকে তাড়িয়ে দেওয়া ছাড়া আমাদের আর কোন উপায় নেই।"

"Hicimos lo mejor que pudimos para tolerar y cuidar a este animal".
"আমরা এই প্রাণীটিকে সহ্য করার এবং যত্ন নেওয়ার জন্য যথাসাধ্য চেষ্টা করেছি।"

"No creo que nadie pueda culparnos en lo más mínimo".
"আমি মনে করি না কেউ আমাদের সামান্যতম দোষ দিতে পারে।"

"Tiene mil veces razón", asintió el padre.

"সে হাজার বার ঠিক বলেছে," বাবা একমত হলেন।

La madre aún no había recuperado del todo el aliento.
মা তখনও পুরোপুরি নিঃশ্বাস নিতে পারেননি।

Ella empezó a toser sordamente en su mano, respirando con dificultad.
সে হাতের মুঠোয় জোরে জোরে কাশতে শুরু করল।

Y una expresión de locura comenzó a surgir en sus ojos.
আর তার চোখে একটা পাগলাটে ভাব ফুটে উঠতে লাগল।

La hermana corrió hacia su madre y le sujetó la frente.
বোন ছুটে গিয়ে মায়ের কপাল ধরে।

El padre pareció inspirarse en las palabras de la hermana.
বাবা মনে হচ্ছিল বোনের কথা শুনে অনুপ্রাণিত হয়েছেন।

Y sus pensamientos parecían ser más claros que antes.
আর তার চিন্তাভাবনা আগের চেয়ে আরও স্পষ্ট বলে মনে হচ্ছিল।

Dejó de asentir con la cabeza y volvió a sentarse derecho.
সে মাথা নাড়ানো বন্ধ করে আবার সোজা হয়ে বসল।

Y jugaba con la gorra de sirviente, sumido en sus pensamientos.
আর সে তার ভৃত্যের টুপি নিয়ে খেলা করল, গভীর চিন্তায় ডুবে গেল।

Los platos de los inquilinos todavía estaban sobre la mesa.
ভাড়াটেদের প্লেটগুলো তখনও টেবিলে ছিল।

Y a veces miraba hacia el silencioso Gregor.
আর সে মাঝে মাঝে নীরব গ্রেগরের দিকে তাকাতো।

"Tenemos que intentar deshacernos de él", le dijo la hermana.
"আমাদের এটা থেকে মুক্তি পাওয়ার চেষ্টা করতে হবে," বোন তাকে বলল।

La madre estaba demasiado ocupada tosiendo como para escuchar.
মা কাশিতে এতটাই ব্যস্ত ছিলেন যে তিনি শুনতেই পারছিলেন না।

"Los matará a ambos, ya lo veo venir."

"এটা তোমাদের দুজনকেই মেরে ফেলবে, আমি ইতিমধ্যেই এটা আসতে দেখতে পাচ্ছি।"

"No podemos seguir trabajando tan duro como lo hacemos todos."
"আমরা সবাই আমাদের মতো কঠোর পরিশ্রম চালিয়ে যেতে পারি না।"

"Y cada día tenemos que volver a casa y encontrarnos con esta tortura."
"আর প্রতিদিন আমাদের এই নির্যাতনের শিকার হয়ে বাড়ি ফিরতে হয়।"

"No podemos soportarlo más. No puedo soportarlo."
"আমরা আর সহ্য করতে পারছি না। আমি আর সহ্য করতে পারছি না।"

Ella cayó ante su madre en un último estallido de lágrimas.
শেষ অশ্রুসিক্ত অবস্থায় সে তার মায়ের কাছে লুটিয়ে পড়ল।

Las lágrimas cayeron por su rostro y sobre el de su madre.
অশ্রু তার মুখ বেয়ে তার মায়ের মুখে গড়িয়ে পড়ল।

Y se secó las lágrimas con un movimiento mecánico.
আর সে যান্ত্রিক নড়াচড়ায় চোখের জল মুছে ফেলল।

"Hijo mío", dijo el padre con voz compasiva.
"আমার বাচ্চা," বাবা করুণ কণ্ঠে বললেন।

Había profunda simpatía y comprensión en su voz.
তার কণ্ঠে গভীর সহানুভূতি এবং বোধগম্যতা ছিল।

«Pero ¿qué debemos hacer?», confesó no saberlo.
"কিন্তু আমাদের কী করা উচিত?" সে স্বীকার করল যে সে জানে না।

La hermana simplemente se encogió de hombros con impotencia.
বোনটি অসহায়ভাবে কেবল কাঁধ ঝাঁকালো।

Y su confianza anterior fue reemplazada nuevamente por lágrimas.
আর তার আগের আত্মবিশ্বাস আবার কান্নায় প্রতিস্থাপিত হলো।

«Si nos entendiera», dijo el padre en voz alta.
"যদি সে আমাদের বুঝতে পারত," বাবা জোরে বললেন।

Y se preguntó si tal vez Gregor entendía.
আর সে অর্ধেক প্রশ্ন করলো গ্রেগর কি বুঝতে পেরেছে।

La hermana simplemente sacudió su mano violentamente mientras lloraba.
বোন কাঁদতে কাঁদতে কেবল জোরে হাত নাড়ল।

Y entonces ella señaló que no se debía pensar en esa idea.
আর তাই সে ইঙ্গিত দিল যে এই ধারণাটি ভাবা উচিত নয়।

«¡Si nos comprendiera!», repitió el padre.
"কিন্তু যদি সে আমাদের বুঝতে পারত," বাবা পুনরাবৃত্তি করলেন।

Cerrando los ojos consideró la respuesta de la hermana.
চোখ বন্ধ করে সে বোনের উত্তরটা ভেবে দেখল।

"Si lo entendiera se podría llegar a un acuerdo con él."
"যদি সে বুঝতে পারত, তাহলে তার সাথে একটা চুক্তি করা যেতে পারে।"

"Pero estando las cosas como están..."
"কিন্তু সবকিছু যেমন আছে তেমনই আছে..."

"Tiene que irse", gritó la hermana, "es la única manera".
"এটা যেতেই হবে," বোন চিৎকার করে বলল, "এটাই একমাত্র উপায়।"

"Tienes que deshacerte de la idea de que es Gregor".
"তোমাকে এই চিন্তাটা দূর করতে হবে যে এটা গ্রেগর।"

"Que lo hayamos creído durante tanto tiempo es nuestra verdadera desgracia."
"আমরা এতদিন ধরে এটা বিশ্বাস করে আসছি এটাই আমাদের আসল দুর্ভাগ্য।"

«¿Pero cómo puede ser Gregor?», le preguntó a su padre.
"কিন্তু এটা কিভাবে গ্রেগর হতে পারে?" সে তার বাবাকে জিজ্ঞাসা করল।

"Sabía que un animal así no podía coexistir con los humanos".
"সে জানত যে এই ধরণের প্রাণী মানুষের সাথে সহাবস্থান করতে পারে না।"

Gregor nos habría abandonado hace mucho tiempo, voluntariamente.
"গ্রেগর অনেক আগেই আমাদের ছেড়ে চলে যেত, স্বেচ্ছায়।"

"Es cierto, entonces no tendríamos ningún hermano."
"এটা সত্যি, তাহলে আমাদের কোন ভাই থাকবে না।"

"Pero podríamos seguir viviendo y honrar su memoria".
"কিন্তু আমরা বেঁচে থাকতে এবং তার স্মৃতিকে সম্মান জানাতে পারি।"

"Pero esta bestia nos persigue y ahuyenta a nuestros labradores."
"কিন্তু এই জন্তুটি আমাদের তাড়া করে এবং আমাদের ভাড়াটেদের তাড়িয়ে দেয়।"

"Es evidente que quiere apoderarse de todo el apartamento".
"এটি স্পষ্টতই পুরো অ্যাপার্টমেন্টটি দখল করতে চায়।"

"Esta bestia quiere hacernos dormir en la calle."
"এই জন্তুটা আমাদের রাস্তায় ঘুম পাড়াতে চায়।"

«Mira, padre», gritó de repente, «¡se mueve otra vez!»
"দেখো বাবা," হঠাৎ সে চিৎকার করে উঠল, "সে আবার নড়ছে!"

E hizo algo que ni siquiera Gregor pudo entender.
আর সে এমন একটা কাজ করেছিল যা গ্রেগরও বুঝতে পারেনি।

Ella se apartó, como sacrificando a la madre.
সে নিজেকে দুরে ঠেলে দিল, যেন মাকে ত্যাগ করছে।

Y ella corrió detrás de su padre buscando algún tipo de seguridad.
আর সে তার বাবার পিছনে দৌড়ে গেল কোনরকম নিরাপত্তার জন্য।

El padre estaba agitado únicamente porque su hija lo estaba.
বাবা কেবল উত্তেজিত ছিলেন কারণ তার মেয়ে ছিল।

Pero entonces él también se levantó y levantó los brazos sobre ella.
কিন্তু তারপর সেও উঠে দাঁড়ালো, এবং তার উপর হাত তুললো।

Pero Gregor no tenía intención de asustar a nadie.
কিন্তু গ্রেগরের কাউকে ভয় দেখানোর কোনও ইচ্ছা ছিল না।

Sobre todo no pensó en asustar a su hermana.
বিশেষ করে তার বোনকে ভয় দেখানোর কোন চিন্তাই তার মনে ছিল না।

Él sólo estaba intentando regresar a su habitación.
সে কেবল তার ঘরের দিকে ফিরে যাওয়ার চেষ্টা করছিল।

Pero dado que su estado estaba empeorando, incluso esto era difícil.

কিন্তু তার ক্রমশ খারাপ হওয়া অবস্থায় এটাও কঠিন ছিল।

Y ya no tenía pleno uso de todas sus piernas.

আর তার সব পা আর পুরোপুরি কাজে লাগছিল না।

Entonces usó su cabeza para levantar su cuerpo y girar.

তাই সে তার মাথা ব্যবহার করে তার শরীর তুলে নিজেকে ঘুরিয়ে নিল।

Hizo una pausa y miró a su alrededor esperando la aprobación de la familia.

সে একটু থামল, এবং পরিবারের সম্মতির জন্য চারপাশে তাকাল।

Su buena intención parecía haber sido reconocida.

তার ভালো উদ্দেশ্য স্বীকৃত বলে মনে হচ্ছে।

Su movimiento sólo había sido un shock momentáneo para ellos.

তার নড়াচড়া তাদের কাছে কেবল একটি ক্ষণিকের ধাক্কা ছিল।

Ahora todos lo miraban en un silencio infeliz.

এখন তারা সবাই অসুখী নীরবে তার দিকে তাকিয়ে ছিল।

La madre seguía tumbada en el sillón, exhausta.

মা তখনও ক্লান্ত, আর্মচেয়ারে শুয়ে ছিলেন।

El padre y la hermana estaban sentados uno al lado del otro.

বাবা আর বোন পাশে বসে ছিল।

«Quizás ahora me dejen dar la vuelta», pensó Gregor.

"হয়তো এখন তারা আমাকে ঘুরে দাঁড়াতে দেবে," ভাবলো গ্রেগর।

Y continuó haciendo su torpe movimiento de giro.

আর সে তার অদ্ভুত বাঁক নেওয়ার কাজটা চালিয়ে গেল।

No podía reprimir los jadeos ocasionales de esfuerzo.

মাঝে মাঝে পরিশ্রমের দীর্ঘশ্বাস সে দমন করতে পারছিল না।

Y se vio obligado a descansar un par de veces entre uno y otro.

এবং মাঝখানে তাকে কয়েকবার বিশ্রাম নিতে বাধ্য করা হয়েছিল।

Ya nadie le obligaba a apresurarse; la decisión estaba en sus manos.

এখন কেউ তাকে তাড়াহুড়ো করতে বাধ্য করছিল না; এটা তার উপর ছেড়ে দেওয়া হয়েছিল।

Al final completó el giro lento y doloroso.
অবশেষে সে ধীর এবং বেদনাদায়ক পালাটি সম্পন্ন করল।

Inmediatamente comenzó a caminar directamente de regreso a su habitación.
সে তৎক্ষণাৎ সোজা তার ঘরে ফিরে যেতে শুরু করল।

Se sorprendió de lo lejos que estaba de su habitación.
সে তার ঘর থেকে কত দূরে ছিল তা দেখে অবাক হয়ে গেল।

¿Cómo, a pesar de su debilidad, había llegado allí antes?
দুর্বলতা থাকা সত্ত্বেও, সে আগে কীভাবে সেখানে পৌঁছেছিল?

Había recorrido casi el mismo camino sin darse cuenta.
সে প্রায় একই পথ ধরে চলেছিল, অজান্তেই।

Ahora él sólo se concentró en gatear tan rápido como podía.
সে এখন যত দ্রুত সম্ভব হামাগুড়ি দেওয়ার উপর মনোযোগ দিল।

La falta de comentarios por parte de alguien no le inquietó.
কারো কাছ থেকে মন্তব্যের অভাব তাকে বিরক্ত করেনি।

Sólo cuando ya estaba en la puerta giró la cabeza.
যখন সে দরজার ভেতরে ছিল, কেবল তখনই সে মাথা ঘুরিয়েছিল।

Pero no pudo darse la vuelta para mirar hacia atrás por completo.
কিন্তু সে পুরোপুরি পিছনে ফিরে তাকাতে পারল না।

Porque sintió que su cuello se ponía aún más rígido al girarse.
কারণ সে যখন ঘুরে দাঁড়ালো তখন তার ঘাড় আরও শক্ত হয়ে উঠলো।

Pero vio que de todas formas nada había cambiado detrás de él.
কিন্তু সে দেখতে পেল যে তার পিছনে কিছুই বদলায়নি।

La única diferencia fue que su hermana se puso de pie.
শুধু পার্থক্য ছিল যে তার বোন দাঁড়িয়ে ছিল।

Su última mirada mostró que su madre se había quedado dormida.
তার শেষ দৃষ্টিতেই বোঝা গেল তার মা ঘুমিয়ে পড়েছেন।

Tan pronto como estuvo dentro de su habitación la puerta se cerró.

সে তার ঘরে ঢুকতেই দরজা বন্ধ হয়ে গেল।

Y tan pronto como la puerta se cerró, el cerrojo quedó bloqueado.
আর দরজা বন্ধ হওয়ার সাথে সাথেই বোল্ডটি লক হয়ে গেল।

Gregor se asustó por el ruido inesperado que se oía detrás.
পেছনের অপ্রত্যাশিত শব্দে গ্রেগর ভয় পেয়ে গেল।

Y sus piernas se doblaron bajo él por la repentina sorpresa.
আর আকস্মিক বিস্ময়ে তার পা দুটো তার নীচে আটকে গেল।

Fue la hermana quien corrió hacia la puerta detrás de él.
তার পেছনে দরজার দিকে ছুটে আসা বোনটিই ছিল।

Ella ya se encontraba allí de pie, esperándolo.
সে ইতিমধ্যেই সেখানে সোজা হয়ে দাঁড়িয়ে ছিল, এবং তার জন্য অপেক্ষা করছিল।

Luego saltó hacia delante ligeramente sin que Gregor la oyera.
তারপর গ্রেগরের কথা না শুনে সে হালকাভাবে সামনের দিকে লাফিয়ে উঠল।

"¡Por fin!" gritó en voz alta mientras giraba la llave.
"অবশেষে!" চাবি ঘুরিয়ে জোরে ডাকল সে।

"¿Y ahora qué?", se preguntó Gregor, solo en la oscuridad.
"এখন কী?" অন্ধকারে একা গ্রেগর নিজেকে জিজ্ঞাসা করল।

Pronto descubrió que ya no podía moverse en absoluto.
শীঘ্রই সে আবিষ্কার করল যে সে আর নড়াচড়া করতে পারছে না।

Pero no le sorprendió realmente su inmovilidad.
কিন্তু তার অচলাবস্থা দেখে সে আসলে অবাক হয়নি।

Poder moverse con piernas tan delgadas parecía ridículo.
এত পাতলা পায়ে চলাফেরা করতে পারাটা হাস্যকর মনে হচ্ছিল।

No sabía cómo había sido capaz de hacerlo.
সে জানত না যে সে কীভাবে এটা করতে পেরেছে।

Pero aparte de eso se sentía relativamente cómodo.
কিন্তু তা ছাড়াও সে তুলনামূলকভাবে স্বাচ্ছন্দ্য বোধ করছিল।

Es cierto que sentía un dolor profundo en todo el cuerpo.

এটা ঠিক যে সে সারা শরীরে গভীর ব্যথা অনুভব করেছিল।

Pero el dolor parecía hacerse cada vez más débil.
কিন্তু ব্যথাটা ক্রমশ দুর্বল হয়ে উঠছিল বলে মনে হচ্ছিল।

Y sintió que el dolor eventualmente desaparecería.
আর তার মনে হচ্ছিল ব্যথাটা অবশেষে চলে যাবে।

Ya casi no sentía la manzana podrida en su espalda.
সে আর তার পিঠে পচা আপেলটা অনুভব করতে পারছিল না।

Pensó en su familia con emoción y amor.
আবেগ আর ভালোবাসায় সে তার পরিবারের কথা মনে করল।

Sintió las emociones de su hermana incluso más que ella misma.
সে তার বোনের আবেগ তার চেয়েও বেশি অনুভব করেছিল।

Ella tenía razón en lo que había dicho: él tenía que irse.
সে যা বলেছিল তা ঠিকই বলেছিল; তাকে চলে যেতে হয়েছিল।

Pasó algún tiempo en ese estado vacío y pacífico.
এই শূন্য ও শান্তিপূর্ণ অবস্থায় তিনি কিছু সময় কাটিয়েছিলেন।

El reloj dio tres veces, silenciosamente, pero con firmeza.
ঘড়িটা তিনবার বাজল, আস্তে আস্তে, কিন্তু দৃঢ়ভাবে।

Gregor fue sacado suavemente de sus meditaciones.
গ্রেগরকে আলতো করে তার চিন্তাভাবনা থেকে বের করে আনা হল।

Observó cómo la luz de la mañana entraba lentamente en su habitación.
সে দেখল সকালের আলো ধীরে ধীরে তার ঘরে আসছে।

Entonces su cabeza se hundió por completo, sin su voluntad.
তারপর তার মাথা সম্পূর্ণরূপে নিচু হয়ে গেল, তার ইচ্ছা ছাড়াই।

Y su último aliento fluyó débilmente de su nariz.
আর তার শেষ নিঃশ্বাসটা তার নাকের ছিদ্র দিয়ে দুর্বলভাবে বেরিয়ে আসছিল।

La criada entró en su habitación temprano en la mañana.
ভোরবেলা কাজের মেয়েটি তার ঘরে এসেছিল।

No encontró nada inusual durante su corta visita habitual.

তার স্বাভাবিক সংক্ষিপ্ত সফরে তিনি অস্বাভাবিক কিছু পাননি।

Con fuerza y prisa cerró de golpe todas las puertas.
শক্তি এবং তাড়াহুড়োয়, সে সমস্ত দরজা ধাক্কা দিল।

No fue posible dormir tranquilo en todo el apartamento.
পুরো অ্যাপার্টমেন্টে শান্তিপূর্ণ ঘুম সম্ভব ছিল না।

Le habían pedido que evitara hacer esto por la mañana.
তাকে সকালে এটা করা থেকে বিরত থাকতে বলা হয়েছিল।

Ella pensó que él yacía allí inmóvil a propósito.
সে ভেবেছিলো সে ইচ্ছাকৃতভাবে এত নিশ্চল অবস্থায় পড়ে আছে।

Quizás quería demostrarle que estaba ofendido.
হয়তো সে তাকে দেখাতে চেয়েছিল যে সে অসন্তুষ্ট।

Ella confiaba en que él tenía todo tipo de inteligencia.
সে বিশ্বাস করত যে তার সব ধরণের বুদ্ধি আছে।

Ella sostenía por casualidad la escoba larga en su mano.
ঘটনাক্রমে সে লম্বা ঝাড়ুটা হাতে ধরে ছিল।

Entonces, desde la puerta, intentó hacerle un poco de cosquillas a Gregor.
তাই, দরজার ভেতর থেকে, সে গ্রেগরকে একটু সুড়সুড়ি দেওয়ার চেষ্টা করল।

Ella estaba un poco molesta porque él no respondió en absoluto.
সে একটু বিরক্ত হয়েছিল যে সে কোনও উত্তর দিল না।

Así que esta vez lo empujó un poco más firmemente.
তাই সে এবার তাকে আরও একটু জোরে ধাক্কা দিল।

Cuando él no ofreció resistencia, ella lo miró más de cerca.
যখন সে কোন প্রতিরোধ দেখালো না, তখন সে আরও কাছ থেকে দেখলো।

Pronto se dio cuenta de lo que realmente le había sucedido a Gregor.
সে শীঘ্রই বুঝতে পারল গ্রেগরের আসলে কী হয়েছিল।

Abrió más los ojos y silbó para sí misma.
সে চোখ বড় করে খুলল, আর নিজের মনে শিস দিল।

Pero no perdió mucho tiempo antes de abrir la puerta.

কিন্তু সে দরজা খোলার আগে বেশি সময় নষ্ট করেনি।

Y clamó a gran voz en la oscuridad:

আর সে অন্ধকারে জোরে ডাকল:

"Ven a echarle un vistazo, ahí está, completamente muerto."

"এসো, একবার দেখো, ওটা পড়ে আছে, সম্পূর্ণ মৃত।"

Los dos padres estaban sentados erguidos en el lecho conyugal.

দুই বাবা-মা তাদের বৈবাহিক বিছানায় সোজা হয়ে বসেছিলেন।

Primero tuvieron que superar el impacto del ruido.

প্রথমে তাদের শব্দের ধাক্কা কাটিয়ে উঠতে হয়েছিল।

Pero poco a poco empezaron a comprender su mensaje.

কিন্তু তারপর তারা ধীরে ধীরে তার বার্তা বুঝতে শুরু করে।

El señor y la señora Samsa saltaron cada uno de su lado de la cama.

মিস্টার এবং মিসেস সামসা দুজনেই বিছানার পাশ থেকে লাফিয়ে উঠলেন।

El señor Samsa se echó la gruesa manta sobre los hombros.

মিঃ সামসা তার কাঁধে মোটা কম্বলটি ছুঁড়ে দিলেন।

Y la señora Samsa salió sin nada más que su camisón.

আর মিসেস সামসা তার নাইটগাউন ছাড়া আর কিছুই পরে বেরিয়ে এলেন না।

Y así entraron en la habitación de Gregor.

আর এভাবেই তারা গ্রেগরের ঘরে প্রবেশ করল।

Mientras tanto, la puerta de la sala de estar también se había abierto.

ইতিমধ্যে, বসার ঘরের দরজাও খুলে গেল।

Grete había dormido allí desde que los inquilinos se mudaron.

ভাড়াটেরা আসার পর থেকে গ্রেট সেখানেই ঘুমাচ্ছিল।

Estaba completamente vestida como si no hubiera dormido en absoluto.

সে সম্পূর্ণ পোশাক পরে ছিল যেন সে মোটেও ঘুমায়নি।

Su rostro pálido también parecía demostrar su falta de sueño.
তার ফ্যাকাশে মুখটাও তার ঘুমের অভাবের প্রমাণ দিচ্ছিল।

"¿Está muerto?" preguntó la señora Samsa, mirando a la criada.
"সে মারা গেছে?" দাসীর দিকে তাকিয়ে মিসেস সামসা জিজ্ঞাসা করলেন।

Ella podría haberlo confirmado mirándolo ella misma.
সে নিজে তাকে দেখেই এটা নিশ্চিত করতে পারত।

"Creo que sí", dijo la criada cogiendo la escoba.
"আমারও তাই মনে হয়," ঝাড়ু তুলে দাসী বলল।

Y ella empujó su cuerpo muy lejos por el suelo.
আর সে তার শরীর মেঝের উপর অনেক দূর ঠেলে দিল।

La señora Samsa hizo un movimiento como si quisiera detenerla.
মিসেস সামসা এমনভাবে নড়াচড়া করলেন যেন তিনি তাকে থামাতে চান।

Pero al final dejó que la criada llevara a Gregor de un lado a otro.
কিন্তু শেষ পর্যন্ত সে দাসীকে গ্রেগরকে ঘুরিয়ে দিতে দিল।

—Bueno —dijo el señor Samsa—, por fin podemos dar gracias a Dios.
"আচ্ছা," মিঃ সামসা বললেন, "অবশেষে আমরা ঈশ্বরকে ধন্যবাদ জানাতে পারি।"

Hizo la señal de la cruz; cabeza, pecho, hombros.
তিনি ক্রুশের চিহ্ন তৈরি করলেন; মাথা, বুক, কাঁধ।

Y las tres mujeres siguieron su ejemplo religioso.
এবং তিনজন মহিলা তার ধর্মীয় উদাহরণ অনুসরণ করেছিলেন।

Grete, que no apartaba la vista del cadáver, dijo:
গ্রেটে, যে মৃতদেহ থেকে চোখ সরালো না, বলল;

"Mira qué delgado estaba, hacía tanto tiempo que no comía."
"দেখো, সে কত রোগা ছিল, অনেকদিন ধরে কিছু খায়নি।"

"La comida que le dejaba cada mañana siempre estaba intacta."

"প্রতিদিন সকালে আমি তাকে যে খাবারটি রেখে যেতাম তা সবসময় অক্ষত থাকত।"

De hecho, el cuerpo de Gregor estaba completamente plano y seco.
আসলে, গ্রেগরের শরীর সম্পূর্ণ চ্যাপ্টা এবং শুষ্ক ছিল।

Esto era más visible ahora que estaba en el suelo.
তিনি মাটিতে থাকায় এখন এটি আরও স্পষ্ট হয়ে উঠল।

Porque su cuerpo ya no era levantado por sus piernas.
কারণ তার দেহ আর পা দিয়ে উপরে তোলা যাচ্ছিল না।

Y porque no había nada más que distrajera la vista.
আর কারণ দৃশ্যটি বিভ্রান্ত করার মতো আর কিছুই ছিল না।

—Ven un rato con nosotros, Grete —dijo la señora Samsa.
"আমাদের সাথে কিছুক্ষণের জন্য এসো, গ্রেটে," মিসেস সামসা বললেন।

Había una sonrisa dolorosa en sus labios mientras hablaba.
কথা বলার সময় তার ঠোঁটে একটা বেদনাদায়ক হাসি ফুটে উঠল।

Grete los siguió, pero también miró hacia el cadáver.
গ্রেট তাদের অনুসরণ করল, কিন্তু মৃতদেহের দিকেও ফিরে তাকাল।

La criada cerró la puerta y abrió completamente la ventana.
কাজের মেয়েটি দরজা বন্ধ করে দিল এবং জানালাটা পুরোপুরি খুলে দিল।

Todavía era temprano, por lo que normalmente el aire estaría frío.
এখনও ভোর ছিল, তাই বাতাস সাধারণত ঠান্ডা থাকবে।

Pero también había una mezcla de calidez en el aire frío.
কিন্তু ঠান্ডা বাতাসে উষ্ণতার মিশ্রণও ছিল।

Como un suave recordatorio de que ya era finales de marzo.
একটা নরম স্মারকের মতো যে এখন মার্চের শেষ।

Los tres inquilinos ahora también salieron de su habitación.
তিনজন ভাড়াটেও এখন তাদের ঘর থেকে বেরিয়ে এলো।

Miraron a su alrededor con asombro en busca de su desayuno.
তারা তাদের নাস্তার জন্য অবাক হয়ে চারপাশে তাকাল।

El desayuno fue olvidado por lo que encontró la criada.

কাজের মেয়েটি যা পেয়েছিল তার কারণে নাস্তা ভুলে গিয়েছিল।

"¿Dónde está el desayuno?" se quejó el caballero del medio.
"নাস্তা কোথায়?" মাঝখানের ভদ্রলোক বিড়বিড় করে বললেন।

La criada se llevó el dedo a la boca para ordenar silencio.
দাসী চুপ করার জন্য মুখে আঙুল রাখল।

Y ella rápidamente y en silencio saludó a los caballeros.
এবং সে তাড়াহুড়ো করে এবং নীরবে ভদ্রলোকদের দিকে হাত নাড়ল।

La criada acompañó a los tres caballeros a la habitación.
দাসী তিন ভদ্রলোককে ঘরে নিয়ে গেল।

Y continuó explicándoles lo que había sucedido.
এবং সে তাদের কাছে কী ঘটেছিল তা ব্যাখ্যা করতে থাকল।

Y los tres caballeros estaban alrededor del cadáver de Gregor.
আর তিনজন ভদ্রলোক গ্রেগরের মৃতদেহের চারপাশে দাঁড়িয়ে ছিলেন।

Con las manos en los bolsillos miraron hacia abajo.
পকেটে হাত দিয়ে তারা নিচের দিকে তাকাল।

La luz de la mañana ahora había inundado completamente la habitación.
সকালের আলো এখন ঘরটা পুরোপুরি ভরে গেছে।

Entonces se abrió la puerta del dormitorio y apareció el señor Samsa.
তারপর শোবার ঘরের দরজা খুলে গেল এবং মিঃ সামসা হাজির হলেন।

A un lado estaba su esposa y al otro su hija.
একদিকে তার স্ত্রী, অন্যদিকে তার মেয়ে।

Para entonces el señor Samsa ya llevaba puesto su uniforme.
মিঃ সামসা ইতিমধ্যেই তার ইউনিফর্ম পরেছিলেন।

Se podía ver que todos habían estado llorando un poco.
দেখা যাচ্ছিল যে তারা সবাই একটু কাঁদছিল।

Grete presionó su cara contra el brazo de su padre.
গ্রেটে তার মুখ তার বাবার বাহুতে চেপে ধরল।

"¡Sal de mi apartamento inmediatamente!" ordenó el señor Samsa.

"আমার অ্যাপার্টমেন্টটি অবিলম্বে ছেড়ে দিন!" মিঃ সামসা আদেশ দিলেন।

Y señaló la puerta sin dejar salir a las mujeres.

আর সে মহিলাদের যেতে না দিয়ে দরজার দিকে ইশারা করল।

"¿Qué quieres decir?" preguntó el intermediario desconcertado.

"তুমি কী বোঝাতে চাইছো?" মধ্যমণিটি বিচলিত হয়ে জিজ্ঞাসা করলেন।

Y él hizo lo mejor que pudo para sonreír dulcemente al señor Samsa.

আর সে মিঃ সামসার দিকে মিষ্টি করে হাসতে তার যথাসাধ্য চেষ্টা করল।

Los otros dos llevaban las manos tras la espalda.

অন্য দুজন তাদের হাত পিছন থেকে ধরে রাখল।

Y se frotaron las manos con anticipación.

আর তারা প্রত্যাশায় হাত ঘষে।

Parecía que esperaban que se produjera una fuerte pelea.

মনে হচ্ছিল তারা আশা করছিল যে একটা জোরে ঝগড়া হবে।

Pero ellos parecían estar contentos con la discusión que se avecinaba.

কিন্তু আসন্ন বিতর্কে তারা খুশি বলে মনে হচ্ছিল।

Creían que la disputa sería a su favor.

তারা ভেবেছিল বিরোধটি তাদের পক্ষেই যাবে।

"Quiero decir exactamente lo que acabo de decir", respondió el señor Samsa.

"আমি ঠিক যা বলেছি তাই বলতে চাইছি," মিঃ সামসা উত্তর দিলেন।

Caminó en línea recta con sus dos compañeros.

সে তার দুই সঙ্গীর সাথে সরলরেখায় হেঁটে গেল।

Y el señor Samsa se dirigió directamente a su caballero principal.

আর মিঃ সামসা সরাসরি তাদের প্রধান ভদ্রলোকের কাছে গেলেন।

El caballero primero se quedó quieto, mirando al suelo.

ভদ্রলোক প্রথমে স্থির হয়ে মাটির দিকে তাকিয়ে রইলেন।

El contenido de su cabeza todavía estaba ordenándose.

তার মাথার ভেতরের জিনিসপত্র এখনও নিজেকে গুছিয়ে নিচ্ছিল।

—Está bien, nos vamos —dijo y miró al señor Samsa.

"ঠিক আছে, আমরা যাব," সে বলল, এবং মিঃ সামসার দিকে তাকাল।

Una nueva humildad pareció apoderarse de él de repente.
হঠাৎ করেই যেন এক নতুন নম্রতা তাকে গ্রাস করে ফেলল।

Y parecía estar pidiendo permiso para esta decisión.
আর মনে হচ্ছিল সে এই সিদ্ধান্তের জন্য অনুমতি চাইছে।

El señor Samsa abrió mucho los ojos y asintió un poco.
মিঃ সামসা চোখ বড় বড় করে খুললেন এবং একটু মাথা নাড়লেন।

Los caballeros obedecieron inmediatamente su orden.
ভদ্রলোকরা তৎক্ষণাৎ তার আদেশ মেনে চলেন।

Y efectivamente dieron largos pasos por el pasillo.
আর তারা আসলে করিডোরে অনেক লম্বা পা ফেলে ঢুকে পড়ল।

Sus amigos ya habían dejado de frotarse las manos.
তার বন্ধুরা ইতিমধ্যেই হাত ঘষা বন্ধ করে দিয়েছে।

Habían estado escuchando cómo iba la conversación.
তারা কথোপকথনটি কীভাবে চলছে তা শুনছিল।

Y ahora corrían tras él, como si tuvieran miedo.
আর তারা এখন তার পিছনে ছুটছিল, যেন ভয়ে।

El señor Samsa aún podría aislarlos de su líder.
মিঃ সামসা হয়তো এখনও তাদের নেতার কাছ থেকে বিচ্ছিন্ন করে রাখতে পারেন।

Sacaron sus palos del contenedor.
তারা লাঠির পাত্র থেকে তাদের লাঠিগুলো বের করল।

Y se inclinaron en silencio antes de salir del apartamento.
এবং তারা অ্যাপার্টমেন্ট থেকে বের হওয়ার আগে নীরবে প্রণাম করল।

El señor Samsa y las dos mujeres salieron del patio delantero.
মিঃ সামসা এবং দুই মহিলা সামনের উঠোন থেকে বেরিয়ে এলেন।

Pero en realidad no tenían motivos para desconfiar de los hombres.
কিন্তু আসলে তাদের পুরুষদের অবিশ্বাস করার কোন কারণ ছিল না।

Se apoyaron en la barandilla para comprobar si se habían ido.

তারা রেলিংয়ের উপর ঝুঁকে পড়ল, তারা চলে গেছে কিনা তা দেখার জন্য।

Los tres caballeros efectivamente estaban bajando las escaleras.
তিনজন ভদ্রলোক আসলে সিঁড়ি দিয়ে নামছিলেন।

En un determinado recodo de la escalera desaparecieron.
সিঁড়ির একটা নির্দিষ্ট বাঁকের মধ্যে তারা অদৃশ্য হয়ে গেল।

Y entonces la escalera los trajo de nuevo a la vista.
আর তারপর সিঁড়ি তাদের আবার দৃষ্টিগোচর করে আনল।

Esta aparición y desaparición se repite en cada piso.
প্রতিটি তলায় এই আবির্ভাব এবং অদৃশ্য হওয়ার পুনরাবৃত্তি ঘটছিল।

Pero al final casi habían llegado al fondo.
কিন্তু অবশেষে তারা প্রায় তলানিতে পৌঁছে গিয়েছিল।

Cuanto más avanzaban, más aburridos parecían.
তারা যত এগিয়ে যাচ্ছিল, ততই আগ্রহহীন হয়ে উঠছিল।

Todos regresaron a casa, como si se sintieran aliviados.
সবাই যেন স্বস্তি পেয়ে ঘরে ফিরে গেল।

Decidieron aprovechar el día para descansar y salir a pasear.
তারা দিনটি বিশ্রাম নেওয়ার এবং হাঁটার জন্য ব্যবহার করার সিদ্ধান্ত নিয়েছে।

Sentían que merecían este descanso de su trabajo.
তারা অনুভব করেছিল যে তাদের কাজ থেকে এই বিরতি তাদের প্রাপ্য ছিল।

No sólo merecían este descanso, sino que lo necesitaban.
এই বিরতি তাদের কেবল প্রাপ্যই ছিল না, বরং তাদের এটির প্রয়োজনও ছিল।

Se sentaron a la mesa para escribir cartas de disculpas.
তারা টেবিলে বসে ক্ষমা চাওয়ার চিঠি লিখল।

El señor Samsa escribió una carta de disculpas a su dirección.
মিঃ সামসা তার ব্যবস্থাপনার কাছে ক্ষমা চেয়ে চিঠি লিখেছিলেন।

La señora Samsa escribió su carta de disculpas a sus clientes.
মিসেস সামসা তার ক্লায়েন্টদের কাছে ক্ষমা চেয়ে চিঠি লিখেছিলেন।

Y Grete escribió su carta de disculpa a su director.
আর গ্রেটে তার প্রিন্সিপালের কাছে ক্ষমা চেয়ে চিঠি লিখেছিল।

Mientras todos escribían, la criada llegó a la habitación.
যখন সবাই লিখছিল, তখন কাজের মেয়েটি ঘরে এলো।

Su trabajo de la mañana había terminado, por lo que se dirigía a casa.
তার সকালের কাজ শেষ, তাই সে বাড়ি যাচ্ছিল।

Los tres escritores asintieron al principio, sin levantar la vista.
তিনজন লেখক প্রথমে মাথা নাড়লেন, উপরে না তাকিয়ে।

Pero la criada no parecía querer irse todavía.
কিন্তু কাজের মেয়েটি এখনও চলে যেতে চায়নি বলে মনে হচ্ছে।

Esperó un poco, hasta que los tres escritores levantaron la vista.
সে একটু অপেক্ষা করল, যতক্ষণ না তিনজন লেখক মুখ তুলে তাকালো।

"¿Y bien?" preguntó el señor Samsa, enojado como los demás.
"আচ্ছা?" মিঃ সামসা জিজ্ঞাসা করলেন, অন্যদের মতো রাগান্বিতও ছিলেন।

La criada estaba parada en la puerta con una sonrisa en su rostro.
দাসী মুখে হাসি নিয়ে দরজায় দাঁড়িয়ে ছিল।

Dio la impresión de tener buenas noticias que informar.
সে এমন ভাব দেখালো যেন তার কাছে ভালো খবর আছে।

Pero ella no iba a compartir la noticia a menos que se lo pidieran.
কিন্তু না বলা পর্যন্ত সে খবরটি শেয়ার করতে যাচ্ছিল না।

La pluma de avestruz erguida sobre su sombrero se balanceaba ligeramente.
আর টুপির উপর খাড়া উটপাখির পালকটি সামান্য নড়ে উঠল।

Aquella pluma de avestruz siempre había molestado al señor Samsa.
ওই উটপাখির পালকটা সবসময় মিঃ সামসাকে বিরক্ত করত।

—Entonces, ¿qué quieres? —preguntó la señora Samsa con firmeza.

"তাহলে, তুমি কী চাও?" দৃঢ়ভাবে জিজ্ঞেস করলেন মিসেস সামসা।

La criada todavía tenía mucho respeto por la señora Samsa.

দাসীর তখনও মিসেস সামসার প্রতি অনেক শ্রদ্ধা ছিল।

"Sí", respondió ella y soltó una carcajada amistosa.

"হ্যাঁ", সে উত্তর দিল, এবং বন্ধুত্বপূর্ণ হাসিতে ভেঙে পড়ল।

Por un momento su risa le impidió hablar.

এক মুহূর্তের জন্য তার হাসি তাকে কথা বলা থেকে বিরত রাখল।

"No tienes que preocuparte por esa cosa de al lado".

"পাশের বাড়ির জিনিসটা নিয়ে তোমাকে চিন্তা করতে হবে না।"

"Ya he decidido cómo nos desharemos de él".

"এটা থেকে মুক্তি পাওয়ার জন্য আমি ইতিমধ্যেই ব্যবস্থা করে রেখেছি।"

La señora Samsa y Grete continuaron escribiendo sus cartas.

মিসেস সামসা এবং গ্রেটে তাদের চিঠি লিখতে থাকলেন।

Pero el señor Samsa se dio cuenta de que la criada aún no había terminado.

কিন্তু মিঃ সামসা লক্ষ্য করলেন যে দাসীর কাজ এখনও শেষ হয়নি।

Ahora quería describir todo con más detalle.

এখন সে সবকিছু আরও বিস্তারিতভাবে বর্ণনা করতে চেয়েছিল।

Pero él extendió su mano para rechazar sus esfuerzos.

কিন্তু সে তার প্রচেষ্টা প্রত্যাখ্যান করার জন্য তার হাত বাড়িয়ে দিল।

Se dio cuenta de que no estaban interesados en sus planes.

সে বুঝতে পারল যে তারা তার পরিকল্পনায় আগ্রহী নয়।

Y entonces recordó la gran prisa en la que había estado.

আর তখনই তার মনে পড়ল যে সে কত তাড়াহুড়ো করছিল।

"Ciao entonces", dijo ella, insultada por la falta de interés.

"তাহলে সিয়াও," সে বলল, আগ্রহের অভাব দেখে অপমানিত হয়ে।

Pero antes de irse cerró la puerta de un golpe terriblemente fuerte.

কিন্তু যাওয়ার আগে সে দরজাটা ভীষণ জোরে ধাক্কা দিল।

"La despedirán esta noche", dijo el señor Samsa.

"সন্ধ্যায় তাকে বরখাস্ত করা হবে," মিঃ সামসা বললেন।

Pero su esposa y su hija estaban demasiado ocupadas para responderle.
কিন্তু তার স্ত্রী এবং মেয়ে এত ব্যস্ত ছিল যে তাকে উত্তর দিতে পারছিল না।

Porque la criada había perturbado la paz recién adquirida.
কারণ দাসী তাদের নতুন অর্জিত শান্তি বিঘ্নিত করেছিল।

La madre y la hija se levantaron para ir a la ventana.
মা আর মেয়ে জানালার কাছে যাওয়ার জন্য উঠে পড়লো।

Y abrazados se quedaron allí.
এবং একে অপরের চারপাশে হাত রেখে তারা সেখানেই রইল।

El señor Samsa se giró en su silla para mirarlos.
মিঃ সামসা তার চেয়ারে ঘুরে তাদের দিকে তাকালেন।

Y por un rato los observó en silencio mientras estaban allí de pie.
আর কিছুক্ষণ চুপচাপ তাদের দাঁড়িয়ে থাকতে দেখল।

Finalmente les gritó: "¿Queréis venir a mí?"
অবশেষে তিনি তাদের ডাকলেন, "তোমরা কি আমার কাছে আসবে?"

"Olvidémonos de todas esas cosas viejas, ¿de acuerdo?"
"চলো, পুরনো সব কথা ভুলে যাই, তাই না?"

"Ven a mí y dame un poco de tu atención."
"আমার কাছে এসো এবং আমাকে একটু মনোযোগ দাও।"

Las dos mujeres hicieron lo que él les dijo y corrieron hacia él.
দুই মহিলা তার কথামতো কাজ করল, এবং তার কাছে ছুটে গেল।

Le dieron un abrazo cariñoso y le besaron.
তারা তাকে স্নেহের সাথে জড়িয়ে ধরল, চুম্বন করল।

Regresaron rápidamente para terminar de escribir sus cartas.
তারা দ্রুত তাদের চিঠি লেখা শেষ করে ফিরে এলো।

Luego los tres abandonaron el apartamento juntos.
তারপর তারা তিনজনই একসাথে অ্যাপার্টমেন্ট থেকে বেরিয়ে গেল।

No habían salido juntos de casa desde hacía meses.
তারা কয়েক মাস ধরে একসাথে ঘরের বাইরে যায়নি।

Y tomaron el tranvía hasta las afueras de la ciudad.

এবং তারা ট্রামটি শহরের উপকণ্ঠে নিয়ে গেল।

Tenían todo el vagón del tranvía para ellos solos.

ট্রামের পুরো বগি তাদের নিজের হাতে ছিল।

La luz del sol entraba a raudales por la ventana desde el exterior.

বাইরে থেকে জানালা দিয়ে রোদের আলো ঢুকে পড়ছিল।

La familia se reclinó cómodamente en sus asientos.

পরিবারটি তাদের আসনে আরামে হেলান দিয়ে বসল।

Y discutieron las perspectivas para su futuro.

এবং তারা তাদের ভবিষ্যতের সম্ভাবনা নিয়ে আলোচনা করেছে।

Al examinarlos más de cerca, sus perspectivas no eran malas.

ঘনিষ্ঠভাবে পর্যবেক্ষণ করলে তাদের সম্ভাবনা খারাপ ছিল না।

Los tres tenían trabajos con potencial para ganar más.

তিনজনেরই এমন চাকরি ছিল যেখানে আরও বেশি আয় করার সম্ভাবনা ছিল।

Nunca se habían preguntado sobre su trabajo.

তারা কখনও একে অপরকে তাদের কাজ সম্পর্কে জিজ্ঞাসা করেনি।

Pero ahora finalmente tenían tiempo para discutir esas cosas.

কিন্তু এখন অবশেষে তাদের কাছে এই বিষয়গুলি নিয়ে আলোচনা করার সময় এসেছে।

También tenían la opción de mudarse a un apartamento más pequeño.

তাদের কাছে একটি ছোট অ্যাপার্টমেন্টে যাওয়ার বিকল্পও ছিল।

Esto tendría el mayor impacto en sus vidas.

এটি তাদের জীবনে সবচেয়ে বেশি প্রভাব ফেলবে।

Su apartamento actual había sido elegido por Gregor.

তাদের বর্তমান অ্যাপার্টমেন্টটি গ্রেগর বেছে নিয়েছিলেন।

Pero ahora podrían mudarse a algún lugar más asequible.

কিন্তু এখন তারা আরও সাশ্রয়ী মুল্যে কোথাও স্থানান্তর করতে পারে।

Un apartamento más pequeño, pero en un lugar más práctico.

একটি ছোট অ্যাপার্টমেন্ট, কিন্তু কোথাও আরও ব্যবহারিক।

Hablar sobre el futuro hizo que Grete se sintiera nuevamente más animada.

ভবিষ্যতের কথা বলতে বলতে গ্রেটাকে আবার আরও প্রাণবন্ত করে তুলল।

El señor y la señora Samsa también notaron otros cambios en ella.

মিস্টার এবং মিসেস সামসা তার মধ্যে অন্যান্য পরিবর্তনও লক্ষ্য করলেন।

Sus mejillas se habían vuelto pálidas por todas sus preocupaciones.

সমস্ত দুশ্চিন্তায় তার গাল ফ্যাকাশে হয়ে গিয়েছিল।

Pero ahora su hija se estaba convirtiendo en una bella dama.

কিন্তু এখন তাদের মেয়ে একজন সুন্দরী নারীতে পরিণত হচ্ছিল।

Ahora ella realmente era una joven bien formada y hermosa.

সে এখন সত্যিই একজন সুগঠিত এবং সুন্দর যুবতী ছিল।

Sus padres guardaron silencio y admiraron a su hija.

তার বাবা-মা চুপ করে গেলেন এবং তাদের মেয়ের প্রশংসা করলেন।

Se miraron el uno al otro comunicándose inconscientemente.

তারা একে অপরের দিকে তাকিয়ে অবচেতনভাবে যোগাযোগ করতে লাগল।

"Pronto llegará el momento de encontrar un buen hombre para ella."

"শীঘ্রই তার জন্য একজন ভালো পুরুষ খুঁজে বের করার সময় আসবে।"

El tranvía había llegado a su destino y redujo la velocidad.

ট্রামটি তার গন্তব্যে পৌঁছেছিল এবং গতি কমিয়ে দিয়েছিল।

Su hija pareció confirmar sus nuevos sueños.

তাদের মেয়ে তাদের নতুন স্বপ্নগুলোকে নিশ্চিত করেছে বলে মনে হচ্ছে।

Ella fue la primera en levantarse y estirar su joven cuerpo.

সে-ই প্রথম উঠে দাঁড়ালো এবং তার তরুণ শরীর প্রসারিত করলো।

www.ingramcontent.com/pod-product-compliance
Lightning Source LLC
Chambersburg PA
CBHW011039190726
48290CB00011B/2917